눈 속에 비친 하루

눈 속에 비친 하루

김영순 에세이집

몽트

눈 속에 비친 하루

책을 펴내는 일은 이 시대를 함께 살아가는 사람들과 함께 서로 공감하여 소통 하고자 하여 글을 쓰고 책으로 묶어내어 요즘의 문화도 공감 하고자 하는 마음이 커서입니다.

우리가 살아가는 지금은 모바일(mobile) 통해서 많은 정보를 습득하여 살아가는 시대라서 윗세대가 필요 하지 않은 것 같습니다. 요즘은 예전에는 이라는 말만 하여도 그 것을 "라떼"라고 합니다. 모든 궁금한 것은 인터넷으로 그 정보를 다 얻을 수 있기 때문입니다.

그 예로 김장을 담그는 법도 지방마다 집안마다 다 특징이 있는데 인터넷 속의 김장은 담는 법은 쉽고 맛있게 담는 비법들로부터 시작해서 없는 것 빼고 다 있을 정도로 잘 정리되어 있어 따라 하기에 잘 정리되어 나와 있습니다. 그 것을 탓하고 싶은 생각은 없습니다. 시대의 흐름에 따르는 것이 좋다고 여깁니다.

하지만 우리가 지금까지 살아온 세시풍속은 지워 버리거나 그냥 지나칠 수는 없습니다. 우리가 살아가면서 진행되는 주변의 일들 그리고 단상들이 지금의 시대에 세시풍속이 어떻게 전해지고 있고 어떤 문화를 흡수하여 어떻게 필연적으로 변화하고 있는지를 눈 속에 비친 하루에 담아 보았습니다.

김영순에세이집 살아가며 사색하며(2016년 6월 동행)을 인터넷에 검색하면 공감 할 수 있는 내용의 글이라서 반갑다는 댓글이 달려서 원하는 대로 공감대가 형성이 되었음을 볼 수 있었습니다. 눈 속에 비친 하루도 쉽게 접하여 읽음으로 공감할 수 있는 글이 되었기를 소망 하여 봅니다.

올해는 전염병으로 우리 모두 생활과 주변의 변화로 힘들어 하고 있습니다. 하지만 이 또한 지나가리라고 생각합니다. 조금만 더 견디고 힘을 낸다면 얼마 안가서 전염병을 물리칠 수 있다고 생각합니다. 모두 힘내시기를 바랍니다.!!

책을 발간하기까지 응원의 말씀을 주신 지역의 선후배들께 우선 감사의 말씀을 드립니다. 책표지를 부탁한다는 카톡 문자하나를 받고 너무 반가워하며 책의 내용과 닮은그림을 내어준 김명산교수께도 감사의 인사를 드립니다.

또한 추천사를 너무나 반갑게 써주신 안산뉴스 발행인 여종승 사장께도 감사 인사를 드리며 안산신문사 박현석 국장께도 감사의 말씀을 드립니다. 책을 멋지게 묶어준 도서출판 몽트 김미희대표와 친구 가족들 특히 첫돌을 맞이하는 외 손주 전이든 건강하게 자라기를 바라며 모든분들께 감사의 인사를 드리며 행복하시기를 축복합니다. 감사합니다.

2020. 섣달. 초하루 저자 올림.

PART 3. 봄날은 간다

PART 4. 불빛

김영순 에세이를 말하다

도시를 품어가고 있는 가을

PART 1

음악 방송

　낙엽이 떨어져 수북이 쌓인 길을 올 가을에는 많이들 걸어 보았을 것 같다. 나무가 건강하여 가을이 되어 나무 한 그루에서 떨어뜨리는 나뭇잎의 량이 워낙 많이 떨어졌다. 미 쳐 치우지를 못해 얼마 전 비가 왔을 때 낙엽들이 오수관을 덮고 있어 지면이 평편하지 않은 곳에는 물이 고여서 다니는데 불편함이 있었다. 그래도 비에 젖은 낙엽을 밟아보는 그것도 가을이 주는 행복 중에 한 가지라고 생각 하니 기쁘고 좋았다.

　청명하던 가을 하늘이 꼬리를 감추고 있는 요즘 또 다시 작된 미세먼지가 하늘을 뒤 덮고 있다. 나뭇잎을 다 떨군 나뭇가지 사이로 도시의 얼굴이 새롭게 보인다. 청명한 하늘 아래 나뭇가지 사이로 보이는 도시와는 사뭇 다르다. 뿌연 하늘 아래 도시의 건물들 이름표를 보면 많이 낡았구나 싶을 정도로 색이 바랜 듯이 보인다.

　요즘 우리는 귀로 듣는 것보다는 눈의 즐거움을 더 선호 하는 것 같다. 주변이 온통 눈의 즐거움들이 사로잡고 있다. 거기에는 고도화된 전자산업이 한 몫 하는 것 같다. 우리는 이 모든 것에 알게 모르게 길들여지고 있는 것 같다. 우리는 어쩌면 관심이 없던 부분도 고도화된 전자산업으로 많은 것을 알 수 있다. 그래서 더 많은 부분을 얻기 위해서 일지도 모르겠다.

조금만 여유를 가지고 라디오 방송을 들어보면 참 많은 것을 생각하게 한다. 잠시 접어두었던 일이라든가, 오래도록 잊어버렸던 일도 생각나게 하고 챙길 수 있게 한다. 뿐만 아니다 절기도 알려주고 우리주변에서 일어나는 소소한 일까지 정보를 얻을 수 있어 더더욱 방송을 들으면 좋다. 사람 사는 일은 어디엘가도 다 비슷하다 하여 지구상에 구석구석에서 일어나는 일들도 소소하게 알 수 있다.

봄이 올 무렵 되면 봄에 관계되는 노래가 많이 방송되고 덥던 여름이 언제 가나하고 있으면 가을 노래가 슬슬 방송된다. 그러면 가을이 어느 사이 우리 옆에 와있다. 이렇게 계절 따라 음악을 알맞게 방송해주어 낙엽이 떨어지는 요즘처럼 겨울준비를 할 무렵엔 방송마다 조금은 다르지만 겨울이 오기 전에 해야 할 일들도 조목조목 알려 준다. 겨울철 차량에는 무엇을 준비하고 한 번쯤 정비센터를 가야 한다는 것을 알려준다. 물론 차를 가지고 있으면 다 안다. 하지만 차일피일 미루다 놓치는 수가 있다. 그럴 때 방송을 들으면 즉각 실행 할 수 있다.

방송 내용을 들어보면 방송을 애청하는 사람들도 있다. 그리고 그 방송 진행자의 말 한마디로 힘든 심정을 이겨냈다든지 음악을 듣고 위로를 받아 다시 일상으로 복귀하는데 많은 도움이 되었다든지 하는 내용도 방송이 된다. 부부간에는 아이들 다 기르고 각자의 자리로 가고 부부 둘만 있으면 그 어색함도 음악이야기로 풀어 낼 수 도 있고 평상시 서로 하지 못하던 사랑과 감사의 마음을 방송을 통해서 서로가 소통하기도 한다.

눈에 피로감도 줄일 겸 하여 작은 라디오라도 하나 틀어 놓고 방송 내용을 되새김 하며, 겨울로 가는 길 몫에서 우리들의 복잡한 일상에서 조금은 여유가 있으면 한다.

가을의 뜨락

가을이 무르익었다. 어제 오늘 내린 비로 가을 단풍은 그야말로 절정을 이루었다. 밤에 번쩍이며 번개가 치고 천둥소리도 멀리서 들려 이 밤이 지나고 아침이 되면 비바람으로 나뭇잎들이 다 떨어지거나 나무 가지에 몇 잎 붙어있지 않을 것 같았다. 하지만 아침이 되니 단풍은 올 가을 접어들어서 가장 아름답게 물들여진 모습으로 반겨주었다.

요 며칠 동안은 하늘에 구름 한 점 찾아보기 어려울 정도로 하늘은 푸르고 푸르렀다. 푸른 하늘아래 가을풍경이라는 걸작이 유유자적으로 널려있다. 누구의 작품도 아닌 자연이 우리에게 주는 최고의 멋지고 아름다운 색으로 물들여서 누구도 모방하지 못하도록 말이다.

도시인들은 시간과의 전쟁 속에서 살아가느라 느끼지 못한다. 어느새 훌쩍 떠나는 계절을 보내며 추위가 다가오면 피부로 계절을 눈치 챈다. 김장 할 때가 되었다는 소리를 듣고 가을이 스쳐가고 있음을 느낀다. 도심 속에서도 눈을 들어 잠깐만이라도 가을풍경을 바라보면 쌓였던 스트

레스가 해소 된다.

안산시는 다른 도시에 비해 높은 녹지를 가지고 있는 것을 자랑스러워해야 한다. 넓은 녹지로 인해 특별하게 선택 받은 사계절의 아름다움을 볼 수 있기 때문이다. 요즘 공원에 가서 낙엽이 한 잎 두 잎 떨어져 쌓여있는 나무 밑을 자세히 보면 가을 햇빛이 너무ㅑ 따뜻히여 봄에민 피는 보라색 제비꽃들이 군락을 이루고 피어 있는 것도 볼 수 있다. 보라색 제비꽃이 핀 주변에는 봄에 피는 여러 가지 꽃들이 자리를 잡고 꽃을 피우려고 준비하는 모습도 볼 수 있다.

민들레가 씨를 맺고 있는 꽃 대궁 옆에 다시 새싹을 내어 꽃을 피우려고 꽃망울을 만드는 모습도 볼 수 있다. 민들레가 가을 기온을 봄 기온으로 착각하고 꽃을 피우려고 하는지는 자연의 이치를 알 수는 없다. 단풍이 들어 낙엽이 되어 떨어지고 있는 그 자리에 제비꽃과 민들레가 군락을 이루어 피었고 피려고 준비 중인 것을 이 가을의 뜨락에서만 볼 수 있다.

가을의 뜨락에는 그 것뿐만 아니다. 우리들 주변에 함께 살고 있는 날짐승들이 겨울 준비를 하려고 자기들 창고에 모아둔 씨앗과 곡식도 발견 할 수 있다. 어디에서 무슨 힘으로 옮겼는지 쭈글쭈글한 산과일과 열매들이다.

겨울바람이 꼬리를 감추고 있을 무렵 노란민들레꽃이 피고 귀한 보라색으로 피는 제비꽃을 보며 정말 봄이 왔음을 알았다. 올가을의 뜨락에서는 겨울은 잠깐 쉬게 하고 가을과 봄이 함께 있는 것을 볼 수 있어서 또 다른 정취를 가질 수 있다.

물론 온난화로 인한 문제로 전문적인 지구환경의 변화에 심각성으로도 인식해야 하지만 인위적인 곳이 아닌 넓은 공원 안에서 일어나는 자연들의 질서가 무너진 것에 대한 우리들의 탓에만 마음을 두지 말고 오롯이 가을의 뜨락에서만 볼 수 있는 이 정취를 느끼고 가져봄도 좋을 것 같다. 여기에서 우리들이 오래도록 나도 모르게 가지고 있는 고정관념을 무너뜨리는 생각으로 말이다.

낙엽

달빛 사이사이로
바람을 몰고 온
낙엽들의 노랫소리
낮은 들로 스며 든다

도시의 인정이
여름 볕에 쉬어가던
어느 날의 추억이
얼룩진 눈망울에
서러운 이슬이 맺힌다

아스팔트 열기로
멍든 가슴 풀어 헤치고
향수에 젖어

고향 길
굽어보는 이마에

주름진 물결 일렁이고
계절의 아픈 기억 안고
먼 길 떠나는 낙엽

-김영순 시집 「시월의 정」에서

국화(菊化)

　가을하면 울긋불긋 물들어가는 단풍을 떠 올릴 수도 있지만 날씨가 서늘해져야 피는 가을 꽃이 있다. 추석명절이 지나면서부터 꽃집 앞에 줄지어 소담스럽게 피어 있는 국화를 볼 수 있다. 아직 여름이 다 안 갔다고 생각 하고 있는데 언제 물들여 놓았는지 샛노란 꽃잎을 활짝 열어 가을 문이 열리고 있음을 알게 해준다. 노란국화 옆 어쩌다 있는 자색국화도 고고하고 우아함으로 여름의 끝자락이라고 말하며 웃는 듯 피어 있다.

　국화는 여러해살이풀로 성실과 정조 고귀 진실이라는 꽃말을 가지고 있다. 그 종류가 2,000여종이 넘는다고 한다. 꽃의 색깔은 품종에 따라 노란색과 흰색 자색 보라색 흰색 등 다양 하다고 한다. 꽃의 종류가 많이 있지만 꽃 대궁에 꽃 하나씩 피어 있는 꽃을 대략 대국 중국 소국 이렇게 나뉘어 불려지는 것 같다. 특히 동양에서는 사군자의 하나로 귀한 대접을 받아왔다. 먹의 농도로 꽃의 형태를 표현하는데 그 표현한 꽃의 자태는 생화를 보는 것보다 때로는 더 감동을 주기도 한다.

들국화는 산국, 감국, 뇌향국, 구절초, 갯국화, 개미취, 쑥부쟁이 등 여러 종류의 가을꽃으로 핀다. 산국화가 요즘 들과 산에 만발하였다. 특히 산국화는 꽃모양 특별하게 예쁘지는 않다. 무리지어 핀 산국화는 무더기무더기 핀다. 산국화가 무더기로 핀 곳에는 그 향이 가을의 냄새를 내는 대표다. 서리가 내린 뒤 피는 산국화라서 그런지 샛노란 산국화의 향은 짙어 겨울준비를 끝냈어야 할 벌들을 불러들여 호화 잔치를 벌이는 것 같이 산국화와 혼연일체로 늦가을 까지 시간 가는 줄도 모르고 잔치를 한다.

감국은 산국과 비슷하지만 꽃이 조금 더 크다고 한다. 뇌향국은 양지 바른 산지에서 자라며 잎에서 향이 난다고 한다. 그리고 갯국화는 바닷가에서 노란색을 띤 작은 꽃으로 핀다고 한다.

잘 가꾸어진 공원엘 가면 자주색으로 꽃의 얼굴이 조금 크고 무리지어 피어 가을바람에라도 꽃들이 흔들리면 그야말로 요즘 말로 '심쿵'하게 하는 꽃이 개미취다. 우리나라 여성들이 좋아 하는 대표적인 색이 보라색이라고 한다. 그런데 그 보라색을 가진 꽃이 무더기로 피어서 바람에 부딪끼며 일렁거리는 모습을 보면 심장이 멎을 것같은 생각을 들게 하는 꽃이다. 하여 개미취 꽃을 보는 순간 탄성이 나온다.

개미취, 쑥부쟁이, 구절초 등이 비슷하여 전문가나 꽃에 관심이 많은 사람 빼고는 꽃들을 구분하기가 어렵다. 다만 색으로 구분을 할 수 있다. 구절초 꽃은 흰색을 가지고 핀다. 그리고 꽃잎들이 촘촘한가에 따라서 구분이 된다고 한다. 이렇게 가을꽃들이 산과 들에 만개하여 짧은 가을 햇살 아래서 겨울준비를 서두르고 있다. 가을꽃들은 단풍들과도 잘 어울리는 노란색과 보라색을 가지고 있어서 높고 높은 파란가을 하늘과 조화를 이루는 것 같다.

구절초는 선모초(仙母草)라고도 불린다. 그리고 꽃잎을 말려서 베개 속에 넣어 방향제로도 사용하기도 하였지만 머리칼이 희게 하는 것을 방지한다고 하여 옛날 할머니들이 많이 사용 하였다. 구절초는 가을에 뿌리 채 캐어서 말려서 약으로 많이 쓰이는 것 같다.

산국화나 들국화들이 언제부터인지 고속도로변이나 공원에 한 켠에 심어져서 이 가을에 꽃을 피우고 있다. 한동안 자취를 감추어서 이젠 부자로 살아 꽃도 옛날에 보던 꽃은 안 보려고 씨를 말렸구나 하였다. 가을이면 바람을 억새들과 주거니 받거니 하며 추수를 끝낸 논둑이나 밭둑에서 흔하게 볼 수 있던 꽃들 이었다. 어렵고 힘들었을 때 함께 했던 식물들도 우리가 잊지 말고 함께 해야 한다. 그 속에는 우리의 정서가 녹아 있고 우리는 그 꽃들로부터 위로를 받고 지금 이렇게 잘 살고 있기 때문이다. 우리는 알아야 한다. 과거가 있어서 현재가 있음을 기억해야 한다.

들국화

밭둑에 들국화는 피었다
아낙의 수줍음으로
농부의 순수함으로
푸른 하늘을 향하여

밤이면 별들이 내려와 벗하고
새벽에 내리는 맑은 이슬로
천사보다 더 깨끗하게 단장한
계절의 길목에 보기 드문
오상고절(傲霜孤節)의 열녀

텅 빈 하늘 인적이 드문 밭둑길에
철 잃은 허수아비와
낙엽들도 보헤미안으로

먼 길을 떠나는데
홀로남아
순교자처럼 겨울을 기다린
들국화

ㅡ김영순 시집「시월의 정」에서

도시를 품어가고 있는 가을

도시를 품어가고 있는 가을 풍경은 정말 아름답다. 우리도시 동서남북 어디를 가도 가을의 전령들이 나무와 풀 그리고 하늘까지 점령하여 온통 우리의 마음을 휘감아 물들이고 있다. 구름 한 점 없는 하늘을 쳐다보면 모두가 푸른색에 물들어 있는 것 같고 가로수를 쳐다보면 고운 노란빛으로 모두를 물들일 것 같이 기세등등하게 우리 옆에 내려앉고 있다.

도시를 조금만 벗어나면 황금들판이 펼쳐져있다. 아직 벼를 수확 하지는 않아서 황금들판을 볼 수 있다. 아마 이번 주말이 지나면 하얀 뭉치만 군데군데 있을 것이다. 벼를 추수하고 탈곡하여 볏짚만 뭉쳐져서 흰 비닐로 포장되어 소먹이로 덩그라니 남을 것이다. 들판에 벼이삭이 익어가면서 황금색을 더 띠는 것 같다. 전에는 요즘 같이 황금들판이라고는 했지만 요즘 같이 정말 황금색은 아니었던 것으로 기억이 된다. 품종이 더 좋아져서 일 것이다.

부지런한 도시인들이 주말을 이용하여 심어 놓은 김장배추도 이제 속이 차도록 묶어 주어야 할 때가 다가오고 있다. 서리가 내리기는 했지만 여기저기 고추대궁이 서리를 피하여 꽃을 피우고 있다. 아마 내년을 담보 할 수 없음을 알아서 일수도 있다. 최선을 다하여 끝까지 열매를 맺어서 조금이라고 우리에게 도움을 주려는 기특한 농작물이다. 그뿐만 아니다 고추대궁은 새잎을 내어 놓아 그 가지가 싱싱하다. 고추 잎도 서리를 안 맞았으면 가지를 잡고 잎을 주 욱 훑 터서 데쳐서 나물로 먹을 수 있다. 맛도 좋을뿐더러 비타민이 풍부하다.

서리를 피한 고추밭 옆 대추나무에 대추는 아직도 퍼렇다. 대추는 서리를 맞고 따면 더 달고 맛이 좋다. 요즘은 서리 내리기전에 대추도 털어서 햇볕에 말려서 사용한다. 올해는 대추나무에 대추도 더 많이 달린 것 같다. 대추도 풍년 밥상에 숟가락 하나 더 얹는 것 같다. 여름에는 비가 오지 않아서 뿌리채소들이 크지를 못했다고 한다. 고구마가 한참 크기 시작할 무렵 비가 오지 않아서 뿌리가 물을 찾아서 땅속 깊이 파고 들어가 수확 시기에는 고구마를 캐는데 갑절의 힘이 든다고 한다.

우리가 문화의 혜택을 보는 도시에 살아도 땅에서 하는 일과 하늘에서 하는 일에 그 도움없이는 살아 갈 수가 없다. 하여 이제 엉거주춤 자아든 우리들의 많은 이야기는 이 가을과 같은 풍성한 마음으로 가득이 채우고 하루가 다르게 내려앉는 가을의 한 자락을 눈과 가슴에 담아야 한다. 도시인들이 여러모로 피로가 올 때면 하나씩 둘씩 꺼내어 상처난

곳에 덮으면 피로가 빠르게 치유 될 것 같다. 가장 아름다운 가을을 빨간 약처럼 사용하면 어떤 상처도 회복 될 것이라 여겨지기 때문이다.

그리고 춥지도 덥지도 않은 이 가을과 잘 어울리는 향이 좋은 차를 한 잔 들고 잠깐이라도 좋다. 가을과 함께 산책하는 시간을 가져 봄도 좋다. 요즘 우리의 마음이 뒤숭숭하고 편치 않은 마음을 이렇게 다스려 추수에 계절에만 느낄 수 있는 풍년의 마음을 가져 행복함을 가져보면 한다.

가을이 보이는 언덕

잡힐 듯 다가오는 가을
소슬바람에 들꽃은 흔들리고
풀벌레들 어디로 떠나는지
이별의 노래를 합창한다
오솔길 따라가던 저녁 놀
구름 위에 머물면
들판에 익은 곡식
영롱한 꿈에 취한 채
흐느적거린다
숨가쁘게 도시를 맴돌던 바람
맑은 개천가에서 목을 축이고
눈을 들어 언덕을 바라보면
코스모스꽃을 따라 가을은
먼 길 떠난다

-김영순 시집 「시월의 정」에서

수원화성행궁 성곽

등잔 밑이 어둡다는 옛말이 있다. 우리시 바로 옆에 있는 수원에는 수원화성행궁이 있다. 워낙에 많이 알려져 있지만 가깝고 잘 알고 있기 때문에 생각보다는 많이들 관람 하지 않은것 같다. 만추에 궁궐모습은 고즈넉한 모습으로 노랗게 갈아입은 잔디가 넓은 행궁의 모습을 더욱이 돋보이게 하였다.

정조대왕의 효성과 꿈이 담긴 독보적인 성곽 건축 사상 가장 아름다운 성곽이면서도 과학이 접목되어 토목건축의 백미를 보여주는 아름다운 성곽이다.

수원화성행궁의 성곽은 대부분 읍성들이 산 아래쪽 평지에 존재했던 것과는 다르게 화성은 지형을 그대로 살려 산성과 읍성의 중간적인 모습으로 건설되었다. 읍성과 산성의 이원적 구조로 되어 있던 성제를 한 덩어리로 만들어 축조 한 것이다.

21세기의 우리는 지금 살고 있는 지역이 부가 가치가 높게 평가되기를 원하여 동네이름이나 아파트이름을 고급지게 하려고 외래어로 표기를 한다든지 한다. 하여 다른 동네 보다 더 우월 하게 하려고 한다. 그 것 뿐인가 행정구역을 좀 더 나은 동네 이름을 가진 경계지역에 있는 동네는 어떤 수단을 동원해서라도 원래의 것을 포기하고 그 동네로 편제되기를 바라고 거친 단체행동들도 한다. 지금은 그 때 보다 더 많이 경제적인 것이 우리의 삶 중에 많은 부분을 이끌고 있기 때문이어서 충분히 이해된다.

조선시대에도 지금과 똑 같았다. 정조대왕은 그 것을 미리 파악하고 성 밖으로 내쳐질 사람들의 안전과 그들이 잃을 경제적 손실을 우려하여 전통의 틀을 깬 성의 모양이 좀 바뀌어도 백성들을 위하는 마음으로 성 안으로 들였다. 하여 수원화성행궁의 성곽은 그 모양이 기존의 성곽하고는 다르다. 또한 눈여겨 봐야할 것이 또 있다. 성곽이 돌과 벽돌을 번갈아 사용하여 건축한 것으로 고구려부터 조선 후기에 이르기까지 최초로 업그레이드 하여 새로운 건축미를 만들어 냈다.

정조대왕의 수많은 업적 중에 또 하나 획기적인 일을 했다. 일반 백성이 부역의 의무로 국가공역에 참여 했다. 백성들은 자기가 먹을거리를 싸들고 나와서 정해진 일정기간을 의무적으로 관청공사를 해야 했다. 그러나 정조대왕은 수원화성행궁을 축조 하는 동안 일하는 삯을 주고 일꾼을 고용하기 시작 하는 것이 관행화되기 시작 했다. 부역의 노동 관습이 무너진 것은 17세기 중반에서부터 시작 되었다. 대략300년 전부터 무임금 무노동제가 실시되었던 것이다.

  우리가 살고 있는 지금은 지구상의 수많은 정보가 한눈에 들어와 어떤 일이든 관심만 있다면 공유가 된다. 하여 좋은 것 나쁜 것도 공유가 되어 좋은 일보다는 나쁜 일로 가슴 아플 때가 많은 요즘이다. 정조대왕께서 살고 있던 때에는 공유의 한 수단으로 봉화불로 소통하였다. 느려도 더 따뜻하고 사람답게 살아가는 법들을 서로서로 의지 하며, 아주 느리게 소통하며 발전하였던 것 같다. 너무 빠른 것이 주는 압박감으로 우리는 잃어버리고 사는 것이 많다. 이 계절 안산에서 차로 20분 정도에 있는 수원화성행궁을 한번 가보면 생각하게 하는 것이 많다.

성곽 밑의 재래시장

떠들썩한 재래시장에는 요즘 김장철을 맞이하여 시장 사람들이나 물건을 사러온 시민들이 모두가 바쁘게 움직인다. 성곽 주변은 건물들이 60~70년대 모양 그대로 있다. 쌀집, 방앗간, 잡화점, 페인트가게 여인숙 등 변화에 물결에 쉽사리 흔들리지 않았던 모양 그대로가 성곽을 한 바퀴 돌고 내려오는 관광들에게는 새삼스럽게 보였다.

성곽을 돌고 내려오는 길은 돌계단으로 잘 정리되어 있었다. 성곽주변에는 여러 갈래의 길이 있었지만 재래시장으로 통하는 길로 내려오면 변화는 상관없이 보이는 그야말로 옛날 시장이 나온다. 우리는 지금 그런 시장을 재래시장이라고 한다. 시장 입구에서부터 옛 생각이 나게 하는 많은 물건들이 옛날 그대로의 가판대에 차려져서 지나가는 행인들이나 관광하는 이들의 눈을 사로잡는다.

지금은 동대문시장이나 가서 재료상점에 일부러 찾아야만 볼 수 있는 까만 고무줄이나 노란고무줄도 있다. 우리 어머니 세대에서 생필품으로 쓰시던 물건들이 있어서 어렸을 때 고무줄놀이 하던 생각도 나게 했다. 잡화전을 지나 먹거리 시장시장 입구에는 순대를 파는 가게들이 즐비하다. 그 순대는 옛날 그 순대를 그대로 만들어 판다고 한다. 순대나 순댓국역시 요즘의 음식처럼 퓨전으로 어른 아이 할 것 없이 모두들 즐기고 있었다. 옛날식 만두, 찐빵, 꽈배기 등이 방송에 나온 맛집이라는 간판을 보고 길게 줄을 서서 모두들 원하는 음식물들을 포장하여 가기도 한다. 재래시장에 가면 현찰이 없으면 구입하기가 힘든데 시대에 맞게 카드로 구입 할 수 있게 되어있어 더 많은 사람들이 북적이는 것 같았다.

개천 건너편에는 맛좋고 저렴하여 유명하다는 통닭집들이 즐비하게 자리 잡고 있다. 깨끗하게 정리된 다리 위 구조물에는 최신식 악기들을 들고 나와 공연을 하는 사람들도 있고 그 연주를 보고 들으려는 시민들이 모여 있어서 개천 하나를 두고 묘한 조화를 이루는 것을 볼 수 있다. 통닭집 상호들도 성곽을 닮은 듯 한 상호들도 간혹 눈에 띄었다. 유명하다는 말보다 맛이 없으면 어떨까 했는데 역시 가격과 맛은 요즘의 체인 닭 집들보다 어쩌면 더 맛이 있다고 할 수 있을 정도로 괜찮다.

재래시장에서 다른 재래시장과 연결이 되어 있어서 시장 규모는 정말 크다고 볼 수 있다. 여기에서 판매되는 물건들이 기대이하이면 시민들이 찾지 않을 터인데 그 이상인 것이다. 하여 야채는 싱싱하고 다른 시장보다 물건의 량을 많이 준다. 가격도 월등히 저렴하다. 그리고 무엇보다도 돈의 가치를 인정 해주는 물건들을 팔고 있어 그 시장에 무엇을 구입

하러 갔던 상관없이 마음이 즐거운 것 같다. 돈 쓴 것보다 더 많은 것을 먹고 구입해서 가져 올수 있다는 생각과 멀지 않았던 옛날을 기억 하게 하는 것이 사람들의 마음을 기쁘고 행복하게 하는 것 같았다.

성곽을 보고 느낀 것이 우리나라의 전체적인 숙제를 보는 것 같았다. 좀 더 알뜰하게 관리가 되어 보존이 되어야 한다고 생각 했다.

한글

태풍이 지난 10월 가을의 푸른 하늘은 그야말로 높고 높다. 태풍이 지난 간 지역은 무덥던 여름도 잘 지냈는데 뒤늦게 큰 상처를 많이 남겼다. 벼이삭이 누렇게 다 익어 거둘 무렵이된 지역엔 한해의 갖은 노력 끝에 풍성한 가을을 맞이하려고 준비하다가 그만 손 쓸 틈도 없이 순식간에 큰 어려움을 당하였다.

이렇게 우리는 우리만의 문자인 한글을 가지고 있어 모두가 공감하는 내용을 한글로서 전달 할 수 있다. 한글맞춤법 규정 총칙에 보면 제1장1항에 한글 맞춤법은 표준어를 소리대로 적되, 어법에 맞도록 함을 원칙으로 한다. 제2항 문장의 각 단어는 띄어 씀을 원칙으로 한다. 제3항 외래어는 외래어 표기법에 따라 적는다. 라고 되어 있다. 여기에서 특히 우리는 많은 고민들을 한다. 띄어쓰기의 어려움에 대해서 말이다. 어법에 맞도록 하는 것에 대해 각자의 지방마다의 방언도 있다. 하여 그것은 표준어를 소리대로 적는 것으로 정리가 되어 있다. 그리고 어법에 맞도록 하는 것에 대한 고민 이렇게 정리하고 있다.

쓰기에 편리해야 할 것인가, 읽기에 편리해야 할 것인가를 놓고 보았을 때 선택은 읽기에 편리한 방식을 택하였다. 그것은 많은 사람들이 글을 많이 읽기를 바라는 입장에서이다. 독서 권장을 위함이 내용에 들어 있다.

위에서 이야기 한대로 한글을 알면 우리는 읽어서 알고 소통 할 수 있다. 하지만 글을 쓸 때 띄어쓰기란 정말 어렵다. 컴퓨터로 문서를 작성하거나 글을 쓰면 컴퓨터에서 빨간 밑줄로 알려주니 다행인데 손 글씨로 직접 써야 할 때는 품사로 인해 어법과는 다르게 붙여 쓰거나 띄어쓰기를 할 때 가 종종 있다.

더구나 요즘은 SNS가 발달하여 카카오톡과 메시지에서의 짧은 문자 내용으로 전하고자 하는 내용을 담고 있어 단어 줄임과 글자의 띄어쓰기는 모두 무시하고 일상적으로 사용해야 하니 종이에 직접 글을 쓰고자 할 때에는 어려움이 따른다. 이를 테면 띄어쓰기는 조사는 반드시 앞말에 붙여 써야 하고 의존 명사는 띄어 써야한다 라고 한다. 등을 우리가 이런 품사들을 알고 있어도 쉽게 띄어쓰기하기가 어렵다.

한글이 창제 되었을 때만해도 우리가 먹는 음식이 조금은 거친 음식을 먹어서 입과 입술의 놀림이 지금보다는 컸다고 한다. 지금은 부드러운 음식물 섭취가 많아져서 옛날에 쓰이던 단어들이 지금은 그 소리를 못 낸다고 한다. 하여 문자가 없어진 경우도 있다. 지구상의 모든 언어를 지금은 한 눈에 볼 수 있고 들을 수 있어 가깝게 느껴질 정도로 소통이 가능하다. 한글 창제 당시로부터 지금까지 우리 한글은 많은 발전을 가져왔다. 시대가 더 흐르고 흐르더라도 소통이 중심이 되는 한글이 되어야 한다.

올해가 574번째 맞이하는 한글날이다. 표준어, 어법, 띄어쓰기가 아무리 어렵다 해도 우수한 한글로 인해 우리는 잘 소통하여 부강한 나라 세우고 잘 살고 있다. 통일을 바라는 마음에서도 한글의 맞춤법도 통일되어야 한다. 위대한 한글을 더 빛내고 더 귀하게 우리가 간직해야 한다.

야산 끝자락에 있는 밭둑길 논둑길에는 가을이 되면 들국화가 많이 핀다. 들국화는 가을이 문닫고 떠나려고 할 때쯤이면 피기 시작 한다. 조금 이른 들국화는 벼이삭이 누렇게 익어 황금 들판을 이룰 때 피기 시작 한다. 하지만 들국화가 만개하여 필 때는 추수가 다 끝난 벌판이나 들판에 잎들이 다 떨어지고 가지들만 앙상하게 겨울 준비를 하고 있을 때 그 노란빛으로 푸른 하늘을 머리에 이고 그 향을 멀리멀리 전한다. 미쳐 겨울이 다가온 줄도 모르고 있던 벌이나 나비들도 그 향을 쫓아 가끔은 날아들기도 한다.

　한동안 보이지 않던 들국화가 꽃씨를 뿌렸는지 요즘은 고속도로 주변에 만개하여 노랗게 물든 단풍들과 어우러져 가을의 향기가 코끝에 맴돈다. 단풍나무가 많아서 색색이 물들이면 모두가 우리나라 나무인 줄 알고 잎마다 물든 것을 보고 단풍의 매력에 빠진다. 하지만 나무들도 수입종이 심어져 있다고 한다. 우리나라의 나무들과는 다르다는 사실을 전문가 아니고는 우리는 모른다. 어쩌다 단풍나무가 물이 들다 말다 하는 나무가 있어 여름에 비가 적어서 색이바랜 듯이 물이 들었다고 생각 했는데 아니다. 그것은 수입 단풍나무라서 우리의 나무하고는 달라서 빨갛게 색이 들 수가 없다고 한다. 자라난 토양이 다르기 때문이라고 한다. 수입된 단풍나무를 심어 잘 가꾸는 것도 중요 하다. 그러나 우리의 정서가 듬뿍 담긴 들국화는 개천가 땅 언덕이나 자투리 땅 어디든지 씨를 뿌려두면 가꾸지 않아도 가을이 되면 꽃을 볼 수 있다.

　우리가 나무를 열심히 심고 가꾸고 하여 이제 그 나무들이 주는 계절의 매력에 푹 빠져 있다. 은행나무가 나이테를 두껍게 만들고 벚꽃나무가 굵은 가지로 뻗어 예쁜 꽃과 나뭇잎으로 가끔 지친 우리에게 사계절 무한한 위로를 준다. 이제 도시가 재개발되어 심어져야 할 나무들이 이 가을되어서 모두 자리를 잡고 완성 되어 가는 것 같다. 도심에 밑둥이 굵은 나무가 지키고 자라고 있으면 도시가 정돈되어 보이고 고품격으로 느껴진다. 하여 우리의 정서와 잘 어울리는 들국화도 곳곳에 많이 심어서 가을이 되면 잘 정돈된 나무들의 낙엽과 어우러져 가을의 정취가 푹 묻어나는 더 멋진 도심의 가을풍경이 우리와 함께하길 기대 한다.

고구마

　농촌에는 얼마전만해도 가을 추수가 끝나고 나면 집집마다 곳간이나 광이라고 하는 곳에 겨울철 양식과 내년에 쓸 씨앗을 보관해 두는 곳이 있었다. 가을에 추수된 모든 것은 그곳에 각자의 이름표를 달고 가득이 있었다.

　하지만 유독 소여물 끓이는 행랑채 방에는 자리를 잡은 양식이 있었다. 그 것이 고구마이다. 고구마는 추위에 약해서 불기 없는 곳간이나 광에 있으면 얼어서 먹지 못하기 때문에 춥지 않은 곳에 있어야 양식으로 사용 할 수 있다. 뿌리채소라 그런지 고구마는 얼면 바로 썩어서 먹을 수가 없다.

　방 한쪽에 수수깡으로 엮은 가림 막을 쳐서 공간을 만들고 그곳에 고구마를 저장하여 한 겨울에도 얼지 않게 해서 하얀 쌀밥에 조금 넣어서 또는 쪄서 그리고 소여물 끓인 불에 고구마를 몇 개씩 구워서 별미로 먹었다. 어디 그 뿐인가 고구마가 잘 썩는 바람에 고구마를 많이 쪄서 보기

좋게 잘라서 짧은 겨울 햇살에 꾸덕꾸덕 말려서 맛난 간식으로도 먹었다.

고구마는 메꽃과에 속하는 다 년생 초본식물 이라고 한다. 원산지는 열대 아메리카로 우리나라에는 일본을 통해서 들어 왔다고 한다. 고구마라고 불려 지게된 것은 일본말 고귀위마 (古貴爲痲)에서 유래 되었다고 한다. 고구마는 조선의 어부와 통신사들이 대마도를 통해서 들여와 널리 재배되었다고 한다.

고구마는 우리나라에 1700년도쯤 들어왔다고는 하나 재배에 실패를 거듭하고 1900년이 되어서 전국적으로 재배가 가능해져서 지금까지 우리가 먹고 있는 것이다. 고구마는 덩이뿌리로 방추형 긴 타원형 뾰쪽한 계란모양 등 그 모양이 다양 하다. 또한 종류도 다양 한다. 호박고구마, 밤고구마, 물고구마, 자색고구마 등 여러 종류가 있다.

예전에는 물고구마가 많았다. 하여 조금만 추워도 잘 얼었나 싶다. 밤고구마 구하기가 쉽지 않았다. 밤고구마는 밤 맛이 난다하여 밤고구마라고 한다. 그래서인지 추석명절 때 송편 속으로 쓰기도 했다. 밤 대신 밤이 귀할 땐 밤 맛 나는 고구마가 밤의 역할도 했다. 고구마를 수확하기 전에는 고구마 줄기를 나물로 먹기도 한다. 줄기에도 비타민a 성분이풍부하여 외부 세균이나 바이러스로부터 우리 몸을 보호 한다고 한다.

요즘은 고구마가 다이어트 식품으로 각광을 받고 있다. 고구마에 함유하고 있는 식이섬유가 흡착력이 강하여 체내의 노폐물과 발암물질 콜

레스테롤 등을 몸 밖으로 배출 한다고 하여 대장암 예방에 좋다고 한다. 황산화물질인 베타카로틴이 생체막을 보호하여 암세포 성장을 억제하여 증식을 막아준다고 한다. 주변에 건강하던 이웃들이 대장암으로 병원신세를 지는 것을 가끔 볼 수 있다. 언제라도 손쉽게 구입 할 수 있는 고구마를 섭취하면 예방에 도움이 된다고 하니 좋아하지 않더라도 가끔은 섭취 해봄직 하다.

어느 해인가 대마도를 방문 한 적이 있다 부산에서 배를 타고 대마도를 갔다. 풍랑이 심해서 함께 갔던 일행들이 모두 배멀미를 심하게 해서 다음 일정을 소화하기 힘들 정도였다. 물을 사려고 슈퍼마켓을 들렀는데 고구마 굽는 냄새가 진동하여 그곳엘 가보니 맥반석에다 고구마를 굽고 있었다. 왠지 먹어야 할 것 같아서 일행 수만큼 구입해서 차 안에서 먹었는데 배멀미가 순식간에 사라져서 모두들 신기하게 여겼던 적이 있다.

고구마의 귀한 성분이 우리의 지독한 배멀미를 멈추게 할 만큼의 성분을 가지고 있음을 우리는 깨달았다. 겨울로 가고 있는 이 때 좋은 먹거리로 건강을 지켜야 할 것이다.

만추(晚秋)와 성곽

　등잔 밑이 어둡다는 옛말이 있다. 우리 안산시 바로 옆에 있는 수원에는 수원화성행궁이 있다. 워낙에 많이 알려져 있지만 가깝고 잘 알고 있기 때문에 생각보다는 많이들 관람하지 않은 것같다. 만추에 궁궐모습은 정말 고즈넉하다 라는 말이 잘 어울릴 정도로 노랗게 갈아입은 잔디가 넓은 행궁의 모습을 더욱 돋보이게 한다.

　수원화성행궁성곽은 정조대왕의 효성과 꿈이 담긴 독보적인 건축 사상 가장 아름다운 성곽이면서도 과학이 접목되어 토목건축의 백미를 보여주는 아름다운 건축물이다. 대부분 읍성들이 산 아래쪽 평지에 존재했던 것과는 다르게 화성은 지형을 그대로 살려 산성과 읍성의 중간적인 모습으로 건설되었다. 읍성과 산성의 이원적 구조로 되어 있던 성체를 한 덩어리로 만들어 축조 한 것이다.

　21세기의 우리는 지금 살고 있는 지역이 부가가치가 높게 평가되기를 원하여 동네이름이나 아파트 이름을 고급지게 하려고 외래어로 표기를 한다든지 한다. 하여 다른 동네 보다 더 우월하게 하려고 한다. 그것 뿐 인가 행정구역을 좀 더 나은 동네 이름을 가진 경계지역에 있는 동네는 어떤 수단을 동원해서라도 원래의 것을 포기하고 그 동네로 편제되기를 바라고 주민들은 거칠게 단체행동도 한다. 지금은 그 때 보다 더 많이 경제적인 것이 우리의 삶 중에 많은 부분을 이끌고 있기 때문이어서 단체행동도 충분히 이해된다.

조선시대에도 지금과 똑 같았다. 그러나 정조대왕은 그 것을 미리 파악하고 성 밖으로 내쳐질 사람들의 안전과 그들이 잃을 경제적 손실을 우려하여 전통의 틀을 깬 성의 모양이 좀 바뀌어도 백성들을 위하는 마음으로 성 안으로 들였다. 하여 수원화성행궁의 성곽은 그 모양이 기존의 성곽하고는 다르다. 또한 눈여겨 봐야할 것이 또 있다. 성곽이 돌과 벽돌을 번갈아 사용하여 건축한 것으로 고구려부터 조선 후기에 이르기까지 최초로 업그레이드 하여 새로운 건축미를 만들어 냈다.

정조대왕은 수많은 업적 중에 또 하나 획기적인 일을 했다. 일반 백성이 부역의 의무로 국가공역에 참여 했다. 백성들은 자기가 먹을거리를 싸들고 나와서 정해진 일정기간을 의무적으로 관청공사를 해야 했다. 그러나 정조대왕은 수원화성행궁을 축조하는 동안 일하는 삯을 주고 일꾼을 고용하기 시작하는 것이 관행화되기 시작했다. 부역의 노동 관습이 무너진 것은 17세기 중반에서부터 시작되었다. 300년 전부터 무 임금

무 노동제가 실시되었던 것이다.

우리가 살고 있는 지금은 지구상의 수많은 정보가 한눈에 들어와 어떤 일이든 관심만 있다면 공유가 된다. 하여 좋은 것 나쁜 것도 공유가 되어 좋은 일보다는 나쁜 일로 가슴 아플 때가 많은 요즘이다. 정조대왕께서 살고 있던 때에는 공유의 한 수단으로 봉화로 소통하였다. 사람답게 살아가는 법들을 서로서로 의지 하며 지금처럼 빠르지 않더라도 잘 소통하며 발전하였던 것이다. 너무 빠른 것이 주는 압박감으로 우리는 잃어버리고 사는 것이 너무 많다. 晩秋의 수원화성행궁을 가보면 바쁜 우리의 일상을 잠시 멈추게 하고 생각하게 하는 것이 많다.

단풍(丹楓)

우리가 흔히 쓰는 말은 단풍이 들어서 단풍이라고 한다. 단풍의 사전적 의미는 늦가을에 식물의 잎이 적색, 황색, 갈색으로 변하는 현상이라고 나와 있다. 늦가을에 접어들었다고 할 수 있는 11월에 들어서도 춥기보다는 한 낮에 온도가 20도를 넘나들고 있다. 음력으로는 10월 초순이라서 그런지 정말 따뜻한 가을을 보내고 있다.

요즘 날씨는 눈을 들어 어디를 보아도 구름 한 점 없는 푸른 가을하늘 아래 식물의 잎들이 온통 저마다의 색을 뽐내려고 힘을 다하고 있는 것 같다. 그림을 그린다고 그 색을 다 표현 할 수 있을까! 입춘으로 시작해서 동지까지 시간은 쉬지 않고 가고 있다. 밤8시가 되어도 어둠이 내리지 않던 여름이 얼마 전인 것 같은데 요즘은 오후6시만 되어도 어둑한 밤이 내려앉는다.

식물들이 잎에 물들이는 시기를 그들만 알아서 진행하고 있다. 우리들은 아무런 느낌 없이 하루가 다르게 색이 들어가는 단풍을 보고 감탄을 한다. 매스컴에서 우리나라 북쪽부터 물들어가는 시기를 알려주기도 하고, 사람들은 가을을 만끽하려 관광(단풍놀이)을 간다. 단풍은 산마루부터 시작해서 계곡으로 내려온다. 도시에는 가로수부터 단풍이 들기 시작 한다.

단풍을 만드는 수종으로서는 단풍나무, 당단풍나무, 신나무, 복자기나무 등 단풍나무속에 속하는 종류와 옻나무, 빗살나무, 화살나무, 담쟁이덩굴, 감나무, 마가목, 사시나무, 은행나무, 이깔나무, 생강나무, 느티나무, 자작나무, 양버들, 백합나무, 피나무, 참나무들이 대표적으로 잎에 각자의 색으로 변한다고 한다.

단풍이 곱고 예쁜 색을 낼 수 있는 날씨는 건조해야 하며 0도C이하로 내려가지 않는 범위 내에서 기온이 차야 한다. 올해의 단풍이 많이 들기는 했지만 예년에 비해 곱고 예쁘지 않게 물들이는 이유는 날씨가 덥기 때문에 나무의 상수리 쪽은 마르거나 불에 탄듯하다. 가을이 되어 기온이 떨어지면 나뭇잎들은 엽록소의 생산을 중단한다고 한다. 그리고 나뭇잎들은 잎 안에 안토시아닌을 형성하여 붉은색으로 변하여 붉은색을 띤 단풍을 만들고 안토시안을 만들지 못하는 나뭇잎들은 노란색 등을 낸다고 한다.

우리가 살고 있는 안산시는 은행나무가 가로수로 많이 있기 때문에 가을과 잘 어울리는 노란은행잎을 많이 볼 수 있다. 붉은색을 내는 단풍나무는 가로수로 심기에는 가격 면에서 부담이 되는 수종 같다. 그래서 인지 붉은 단풍나무는 잘 꾸며진 공원이나 마당이 넓은 단독주택에서나 가끔 볼 수 있다. 붉은 단풍나무가 아니어도 좋다. 모든 식물의 나뭇잎에 어떤 작용으로 단풍이 드는 지는 신경 안 쓴다. 그저 자연이 주는 온갖 색으로 물들여주어 우리가 볼 수 있다는 것에 이 가을이 무르익어 낙엽 으로 떨어지기 전 무한 감사의 마음을 담아 눈인사라도 하면 좋을 것 같다.

나뭇잎을 최고의 아름다운 붉은색으로 변하게 하는 안토시아닌이 우 리가 먹는 채소와 과일에도 들어 있다고 한다. 안토시아닌이 들어 있는 채소와 과일은 보라색을 가졌다고 한다. 이 보라색을 많이 가지고 있는 과일이나 채소를 많이 섭취하면 눈 건강에도 많은 도움이 된다고 한다.

이렇듯이 많고 많은 나뭇잎들도 아름답게 변하게 하려고 나름 무던히 도 노력하고 있다는 것을 알 수 있다. 우리는 변하여 물들여지는 것만 볼 뿐이다. 이 가을위해 아름답게 물들여지기를 위하여 나름 치열 했었을 단풍을 위해 또 가을 맞는 모두와 모든 것에게 풍성의 축복을 빌어보자.

은행잎

햇빛을 타고와 무수히 분해된
풋풋한 생명이
영원 시간을 호흡하고
한해를 더듬듯 잠시 머물렀던
천년의 얼룩진 애수

잎
노오랗게
피멍 맺히어 하나로 된 육체
한 모퉁이 황혼 속에서
흩어지는 꿈을 주워
부활의 그날을 모은다

─김영순 시집「시월의 정」에서

시월

대중가요 중에 잊혀진 계절이라는 제목의 노랫말 가사에 '시월에 마지막 밤을 뜻모를 이야기를 남긴 채'라는 가사에 모두들 열광하였다. 가을 그것도 시월이 되면 이 노래는 세대를 아우르며 부르고 각 매체에서 가을이 다 가도록 계속 흘러나온다.

가을하면 결실과 추수를 많이들 떠 올리지만 인간사에 얽히고 설킨 이야기의 이별의 단어를 떠올린다. 결실의 알곡은 거두어 쓸모가 있는 곳으로 분류 되어 저장 되거나 쓰임을 받는다. 그리고 그 것을 보호 하고 있던 껍질은 아무런 가치 없이 버려져 다시 알곡을 모으기 위한 귀한 수단으로 돌아간다.

인간사에 얽힌 이야기들은 기억의 저편에 가두고 자유로운 마음을 갖기 위해 떨어진 낙엽이나 껍질로 비유가 된다. 따지고 보면 이별의 정으로 남아 다시 돌아오는 속성을 잘 알고 있으면서도 그 속성을 우리는 늘 간과 하고 있다.

모든 사물의 이치는 전자가 있다. 그것보다 더 발전된 것을 얻기 위해 그 타성과 습성에 젖지 않으려고 노력 하면서 도전하여 안착하려고 무던히도 애쓰며 살고 있다. 이 시월은 1년 뒤에는 또 다시 볼 수 있다. 그 땐 더욱 커지고 풍성해진 모습으로 볼 수 있을 것이다. 우리 도시가 숲의 도시라서 풍성하고 깊게 가을을 느끼고 볼 수 있는 것이다. 본오뜰의 나락들도 누렇게 익어서 군데군데 추수를 한 곳과 안 한곳을 넉넉한 마음 으로 볼 수 있다.

따뜻한 정을 많이 나눌 수 있는 시월이기도 하다. 영혼이 깃든 따뜻한 말 한마디가 누군가에 큰 힘이 되어 세상살이에 큰 힘을 얻는다. 누군가 에게 따뜻한 말 한마디 건네는 시월이 되길 희망한다.

시월의 정

갈색 마음으로
가로수 밑 수북이 쌓여가는 낙엽을 본다
먼지처럼 뽀얗게 저무는 거리

늦가을 불타던 칸나 꽃 정열이 사라진
껍질만 남기고 돌아가는 계절
속 털어 함께 울어주는 이 없는 시월

몇 자의 문자로 서러운 노래
한 수 날려 보낸다

—김영순 시집「시월의 정」에서

안내표지판과 질서

화정천 길의 가로수들은 옷을 갈아입기 시작했다. 미술관 앞에는 억새들이 하얀 손을 내밀어 푸른 하늘에 탐스럽게 떠있는 구름 한 조각 잡아보려는 듯 흔들리고 있다. 드문드문 코스모스 꽃도 피어 가을의 향기를 전하고 있다.

우리도시는 어느 사인가 그 모습이 많이 바뀌었다. 아파트가 재건축되면서 선부동과 초지동, 원곡동의 모습은 30년 전의 옛 도시의 모습이 아니다. 30층을 넘는 최신식 재건축 아파트가 들어서면서 도시의 모습은 강남 갔던 제비가 넥타이와 드레스를 입고 돌아온 것처럼 날렵하고 세련된 모습으로 변모했다.

다이야몬드 공원이 있었다. 이제는 선부역광장이다. 역 주변에 살고 있는 많은 시민들이 전철을 이용하려고 오가기도 한다. 그리고 공원에서 산책도 할 수 있도록 구석구석을 잘 조성 해 놓아서 그 위에서 여러 행사를 할 수 있도록 하였다. 우리 안산시에서 살다 이사를 간 사람들이 놀러 오면 도시의 변모에 깜짝 놀란다. 도시의 옛 모습이 사라졌기 때문이다. 살고 있는 우리도 도시의 변모에 놀라기는 마찬가지다.

주변 상가의 활성화를 하기위해서는 공원을 많이 활용해야 한다. 하여 주변에 주차를 하는 데에는 문제가 없다. 하지만 주차장을 들어가는 입구나 출구를 찾는 데에는 쉽지 않아서 역 광장주변을 몇 번이나 돌아야 목적하는 주차장에 갈 수 있다. 안내 표지도 없어서 주변상가 간판을 보고 겨우 찾아서 갈 수 있다. 살고 있는 주민들은 잘 알 수 있을지 모르겠으나 광장 주변을 방문하거나 전철을 이용하려는 시민들은 때론 난감하다. 우리가 언제부터 인지 신호등에는 익숙하나 로터리(원형)로 된 길을 이용하는 곳이 많지 않아서 로터리를 이용해서 목적지로의 출입이 차를 이용하여 다니기가 아직은 쉽지 않다.

강원도 영월에는 로터리 길이 가는 곳마다 조성이 되어 있다. 그 곳에는 안내표지가 잘 되어 있다. 목적지를 가기 위해서는 몇 시 방향으로 나가면 된다는 안내 표지판이 도시에 들어서자 바로 운전자의 눈에 보이도록 설치되어 있다. 도시의 길이 좁다 보니 로터리길이 조성 된 것 같다. 표지판만 보고 초행길이라도 목적지를 쉽게 찾고 갈 수 있다.

차량은 다니지 않는데 신호가 너무 길어서 사람들은 기다리지 않고 차량이 뜸한 사이를 이용하여 건너다닌다. 이 점도 고려하여 신호 체계를 바꾸어 봄도 좋을 것 같다. 우리가 급한 성품을 가지고 있다 보니 그런 것 같다. 물론 모든 면에서 전문가들이 잘 알아서 하였겠지만 실제로 시민들이 필요로 하는 시간을 체크해서 신호체계를 개선하는 것도 교통사고를 예방 할 수 있다. 행사가 진행되고 많은 사람들이 이용하다보니 그럴 수 있다고 여겨지기는 하지만 교통질서를 지킬 수 있도록 조치를 하는 것도 중요 하다고 여겨진다.

역 광장에서 앞으로도 많은 여러 행사가 진행될 것이다. 역 광장을 이용하는 시민들을 대상으로 설문을 하여서라도 개선 할 점을 빠르게 개선한다면 주변상가 활성화를 위해서라도 광장에서의 행사 유치도 많이 된다고 여겨진다. 활용하기 좋은 것을 이미 확보 해 놓고도 이용하기 쉽지 않아서 이용 못하는 것은 여러 가지로 많은 손실이 따른다. 따라서 우리의 질서 의식도 높여야 한다. 횡단보도에 자전거를 탄 사람 전동차를 탄 사람 유모차를 끄는 아기엄마 모두 뒤엉켜서 한꺼번에 건너다보면 안 좋은 일이 발생된다. 우리 모두가 좀 더 높은 교통질서 의식을 가져서 변모된 도시의 외관을 받쳐주어야 할 것 같다.

함께 했던 것들…

연일 미세먼지가 나쁨으로 예보되는 가운데 크리스마스를 목전에 두고 있는 데에도 예전하고는 사뭇 다른 연말연시의 상가 주변과 길거리 풍경에 모두들 무엇이 있었는데 달라진 것이 있다고 생각들을 하고 있다.

그것은 캐롤송이다. 캐롤송은 마치 한 해를 잘 마무리하고 어쩌다 못다한 마무리를 하라고 재촉을 하는듯하게 들리는 음악이었다. 신자이든 비신자이든 예수의 탄생을 축하 하던 캐롤송이 요즘 들리지 않기 때문이다. 캐롤송이 여기저기서 울려 퍼지면 한 해를 보내야 하는 아쉬움과 새해 맞을 준비를 위해 바쁜 가운데도 희망을 생각 하게 하는 음악이었다.

크리스마스트리는 사람들이 많이 모이는 곳에 예전하고 다를 바 없이 더 고급지게 세워져 휘황찬란한 아름다운 불빛을 유감없이 뽐내고 있다. 하지만 바늘 가는데 실 가듯이 캐롤송이 있어야 더욱 빛이 나고 아름다운데 흔히 말하는 팥소가 들어있지 않은 찐빵 같은 모습의 크리스마스트리만 자리를 지키고 있다.

캐롤송이 사라진 이유는 다양 하다. 그중 가장 많이 알려지고 있는 게 저작권료이다. 그리고 스마트폰에서 각자의 취향에 맞는 음악을 내려 받아서 다양하게 들을 수 있기 때문이다. 시대의 흐름에 따라 변화 하는 것에는 모두 동의 하지만 때론 꼭 있어야 하는 것은 그대로 유지되기를 바라는 아쉬움도 있다.

캐롤송과 함께 겨울이면 길거리에 있었던 풍경이 또 있다. 군밤과 군 고구마와 호떡 그리고 붕어빵 등이 하얀 눈과 더불어 우리들의 곁에 있 었던 도시 겨울 풍경이었다. 군밤이나 군고구마를 굽는 리어카는 슬금 슬금 하나 둘 자리를 감추었고 호떡은 그보다 더 일찍 그 모습이 없어졌 다. 군고마나 군밤을 굽는 장작이 타는 냄새도 북적거리는 도시에서 정 겨웠다.

군밤이나 군고구마를 길거리에서 사서 먹는 연인들도 나름대로 시대 의 낭만이고 멋이었다. 리어카에 위에 드럼통을 개조해서 만든 기구에 군밤이나 군고마를 구워서 파는 일은 겨울이면 대학생들의 학자금을 마 련하기 위한 아르바이트 수단으로 한동안은 꾸준하게 적당한 자리에서 하였다.

그보다 조금 더 시대를 거슬러 올라가면 오징어와 쥐포 땅콩 등을 거 리의 리어카 위에 설치된 연탄불에서 구워서 팔기도 했다. 특히 영화관 앞에는 그런것을 파는 리어카가 몇 대씩 있기도 했다. 지금은 극장 안에 들어가면 팝콘이나 감자튀김 음료수 등이 옛날의 오징어 쥐포 땅콩 등을 대신하여 사람들의 입맛을 사로잡고 있다.

　우리와 같이 함께 했던 주변의 여러 가지들 중 연말연시가 되면 당연하게 있어야 할 것들이 우리 시야에서 사라지는 것도 도시의 성장으로 새로운 것으로 자리 잡는 문화이다. 하여 그 것도 받아들이고 인정하면서 문화의 흐름에 빠르게 대응해야 할 것 같다.

　그래도 아직까지 우리 곁을 든든하게 지키고 있는 것이 있다. 구세군의 자선냄비이다. 빨간색냄비 모양으로 삼각대에 매달려 있는 모금함을 모르는 사람은 없을 것이다. 이 자선냄비에 작은 금액이라도 한 번 쯤은 기부를 하였을 것이다. 거리를 지나가다 남들은 기부를 하려고 줄을 서 있는데 그냥 지나치기가 어렵다 하여 남들이 보지 않도록 작은 금액이지만 손안에 꼭 쥐고 가서 자선냄비에 넣는다.

　구세군이 진행 하는 빨간색 자선냄비가 우리나라에 들어 온지 꾀 오랜 역사를 가지고 있다.자선냄비는 1878년에 영국에서 출범했다고 한다. 우리나라에는 1908년에 들어왔다고 하니 100년이 넘게 우리 곁에서 뿌리를 내려 모금된 금액은 꼭 필요로 하는 선한 사업에 지금까지 쓰이고 있다고 한다.

한 해를 마무리하며 우리의 마음속 깊이 자리하고 있는 복을 나누는 일, 누군가를 위해 작은 금액이라고 기부를 하면 한해를 잘 살았다고 자신을 토닥이며 칭찬할 수 있다. 연말연시가 되면 더 쓸 곳이 많아진다. 그러나 다른 것을 조금 미루더라도 평소 생각만 했던 일을 연말연시를 통하여 복을 나누는 일에 동참하면 한 해를 보내는 마음이 행복이 그득한 마음으로 개운 할 것 같다.

가이드(guide)

세계여행이 자유로워지면서 발품 팔아 혼자 다니는 여행도 많이 하지만 나이가 들면 언어소통이 불편하여 자국 가이드가 함께하는 여행을 선호한다.

요즘 방송매체에서 원로 탤런트들이 가이드 없이 직접 여행하는 프로그램을 방송한다. 동유럽여행이 우리에게 많이 알려지지 않았을 때 동유럽을 여행하고 그 프로그램이 방송 되고나서 많은 사람들이 동유럽을 다녀왔으며 다녀오고 싶어 한다. 물론 방송되는 프로그램은 자유 투어에 속한다. 가보고 싶은 곳을 선택하여 스스로들 찾아가서 평소 보고 싶었던 곳을 실제로 가서 보고 듣고 체험하니 정말 좋을 것이다. 그 프로그램 속에는 나이가 젊은 탤런트가 능숙하게 영어를 구사하고 직접 그 나라에서 차를 렌트하여 내비게이션을 보고 운전하여 국경을 넘나들며 여행한다. 그뿐만 아니다 숙박에 관한 것도 직접 예약한다. 그렇게 준비하여 그들은 바쁜 일정 속에서도 우정을 나누며 멋지게 여행하는 것을 보여 준다.

　방송에서의 여행은 그 자체가 참 멋진 여행이다. 그렇게 프로그램을 촬영하여 방송하기까지는 알려지지 않은 많은 부분의 어려움도 있을 것이다. 방송을 하기위해 많은 스태프들이 함께 움직이니 믿는 것이 있어서 보기에도 편안하고 즐겁고 행복하게 여행하는 모습을 담아 우리에게 보여줄 수 있었을 것이다. 물론 불편한 것은 편집되었을 것이다. 그래도 그 편안함과 행복함이 우리에게 깊숙하게 다가오는 것은 진정성이 있어서이다.

　방송을 보면서 여행하며 알아 두어야 할 것이 많다는 것을 눈치 있는 사람들은 다 알 것이다. 우리가 영어를 안 배운 사람은 드물다. 하지만 영어로 말하기보다는 문법위주의 공부를 해서 말문이 실제에서는 막힌다. 특히 영어권에 가면 귀에 말이 들리지 않기 때문이다. 여행을 계속하다보니 듣는 것이 듣기기 시작하여 말문이 열려 상점에서의 주문을 어렵지 않게 하는 것을 보았다. 자연스럽고 편안해 보였다. 함께 여행을 가서 자기의 건강능력 만큼 움직이는 것도 보여 주었다. 그것 또한 편안한 여행의 한 모습이었다.

　우리는 값도 싸고 좋은 곳에서 자고 좋은 음식 먹고 하는 여행을 원한다. 잘 생각해보면 외국에 사는 친척집이나 혹은 업무적인 일로 비행기를 타고 간다고 생각해보면 일정 차이는 있을 수 있지만 패키지여행의 가격과는 편도 비행기 삯도 되지 않는 여행비다.

우리는 여행지의 여러 것을 안내 받고 알고 소통하기 위해 자국 가이드와 함께 한다. 이렇게 함께한 여행사의 가이드들은 정말 애국심이 대단하다. 여행객들은 남녀노소 그리고 나이 생활환경 차이가 분명이 있어서 그들의 생각이 다 다를 터인데 해박한 각 나라역사 지식으로 여행객들의 생각을 하나로 묶어 애국자가 되게 하는 것은 정말 대단한 대한민국 국민의 한사람이다. 이처럼 현장에서 각 나라를 넘나들며 애국심을 다시금 가다듬게 하는 가이드가 요즘 아직도 정신 못 차리고 있는 정치인들보다 몇 백배 존경스럽다.

사람의 마음을 헤아려 눈높이를 맞추어 역사와 그 여행지의 이야기를 솔직 단백하게 하여 마음이 하나 되게 하는 가이드들을 우리는 여행지에서 만나면 칭찬과 격려를 아끼면 안 된다.

개망초 꽃*

PART 2

개망초 꽃

　기다리던 장맛비가 연일 내린 뒤 녹색의 잎들은 검푸른 녹색으로 한 여름이 되었다고 무겁게 내려앉은 구름을 머리에 이고 후끈후끈한 열기를 토해 내고 있다. 무거운 구름이 밀려가고 나면 검푸른 녹색의 잎들을 태우려는 듯 한 뜨거운 햇볕이 내려 쬐일 것이다. 이제 벼이삭의 알을 채우는 계절 속으로 짧은 여름이 시작 된 것이다.

　장맛비가 세차게 내리고 난 뒤 개천가나 공원의 한쪽 풀밭을 보면 이효석의 메밀꽃 필 무렵에 나왔던 그 유명한 문장에 있던 것을 발견 할 수 있다. 끝없이 이어지는 메밀꽃이 하얗게 핀 넓은 들을 보며 소금을 뿌려 놓은 듯 하다고 하였다. 장맛비가 잠시 멈추고 여기저기서 큰 나무 가지 나뭇잎에 내려 잠시 주춤거리며 머물렀던 빗방울이 땅으로 떨어지는 소리에 눈을 들어 바라보면 물 머금은 개망초 꽃이 물기를 휘휘 저어 떨구려 꽃 대궁을 흔드는 군무를 보면 그야말로 짙푸른 녹색물감을 뿌려 놓은 위에 잘 튀겨진 팝콘을 뿌려 놓은 듯하다.

개망초는 봄부터 여름까지 농사를 짓는 농부들에게는 더 없이 귀찮은 존재이다. 개망초는 어린잎부터 호미부리에 채여 뿌리 채 뽑혀서 밭둑 밑이나 풀밭으로 버려져도 그 곳에서도 원망이나 미움도 없이 다시 뿌리를 내리고 꼿꼿이 대궁을 세우고 언제 만들었는지 모르게 군락을 이루어 이 한 여름의 팝콘 같은 노란 꽃술을 품은 하얀 꽃을 피운다.

여름 하면 무궁화가 만개하는 철이기도 하다. 무궁화나무가 큰 나무 작은 나무 여기저기 심어져 검푸른 잎 사이에 라벤더 색의 꽃을 피우면 우아하고 고급 진 큰 꽃이 한 송이씩 나무 가득이 피어 무더위의 청량함을 더 해준다. 아무튼 무궁화가 건강하게 그리고 어느 때보다도 나라의 꽃을 생각 하게 하는 요즘이다. 개망초 군락은 나무의 꽃과 풀꽃의 향연으로 한 여름의 장맛비와 대비가 된다.

개망초 꽃은 쌍 떡잎 식물로 국화과에 속하는 두해살이 풀이라고 한다. 북아메리카가 원산지라고 한다. 개망초 꽃은 글 쓰는 사람들이 즐겨서 글의 자료로 잘 쓴다. 꽃이 뭉쳐서 피면 꽃 하나하나도 예쁘지만 그 모양이 대형의 집단으로 피면 누구도 군락을 없앨 생각도 하지 않고 감상 한다. 그리고 세상의 잡다한 일들을 개망초꽃에 덧입혀 생각해보면 그 생과 여러 일이 비슷할 수 있다. 하여 민초라고도 불려 지기도 하며 저항을 상징하여 글의 소재거리가 되기도 한다.

개망초가 처음 우리나라에 들어오게 된 동기는 누가 이야기 했는지는 정확하게 전해지지는 않는다. 다만 인터넷이나 여러 곳에 일제강점기 우리나라 철도 놓을 때 레일에 밑에 깔려고 들여 온 나무에 붙어서 왔다는 설이 있다. 거기에 덧붙여 나라가 어지러울 때 들어온 풀이라 하여 망(亡)자가 붙여졌다고 한다.

　우리가 알고 있는 '개'자는 열외 인 것에 많이 붙여서 썼다. 열매 중에 개살구, 개복숭아, 개다래 등 '개'자를 이름 앞에 붙여 부르고 있다. 개 버찌나무나 개산버찌나무등도 꽃은 피는데 버찌가 달리지 않는다는 뜻에서 개자가 붙은 벗나무로 불려 지게 되었다. '개'자의 뜻은 마구 변변치 못함을 뜻 한다. 꽃이면 아름답지 않거나 쓰임 적을 때 붙여서 사용 한다. 꽃 중에는 개망초 꽃 등과 같이 개나리꽃이 있다. 나리꽃보다 적고 볼품이 없어서 개나리꽃이라고 불렀다. 그러나 이른 봄이면 마른가지에 노랗게 피는 개나리꽃을 보고 누가 볼품이 없다고 여기겠는가? 노랗게 군락을 이루며 피는 꽃을 보고 춥던 겨울이 가고 새로운 희망을 품은 봄이 오고 있음에 저절로 힘이 생기고 새로운 마음을 다지는 생각이 들기도 한다.

　개망초 꽃의 꽃말은 화해라고 한다. 우리가 살아가면서 의사나 감정은 상대와 같아도 표현의 부족으로 마음을 서로가 읽지 못 할 때가 있다. 이 작은 오해로 큰 단절을 부르고 더나아가 고집이나 아집으로 변절 되어 자존심 대결로 치닫는 것을 종종 볼 수 있다. 이런 때에는 평소 존경하거나 서로의 마음을 잘 전달하는 사람의 도움을 청하는 것이 바람직

하다. 그 것은 서로의 피해를 줄이고 복구하는 화해를 할 수 있는 유일한 수단이라고 여겨진다. 개망초 꽃이 만개한 이 여름 개망초 꽃 같은 마음으로 우리가 이 시대를 살아야 할 것이다.

이팝나무 꽃과 아까시나무 꽃

밤이면 기온이 뚝 떨어지는 탓에 아직 봄이 덜 왔나 하는 착각을 갖게한다. 그러나 아침을 맞고 나면 다른 착각을 한다. 벌써 여름이 왔다는 생각을 하게 한다. 물론 이상 기온 현상이 해마다 더 심해서 피부로 실감나게 한다. 가로수와 공원의 나무와 풀들이 아직은 5월의 연두색과 녹색이 어우러진 싱그러운 풀냄새가 진동해야 하는 완연한 봄이어야 한다.

그러나 거리에 사람들의 옷차림을 보면 겨울옷부터 여름옷까지 가지각색의 차림으로 다닌다. 어떤 옷을 입어야 할지 요즘날씨에 대응과 적응이 안 되는 것이다. 우리 모두가 좋아하는 봄이 정말 짧아지고 바로 여름으로 직행하고 있다는 것을 말해주는 요즘의 일기다. 이런 날씨 탓에 화려한 봄꽃은 그새 자취를 감추고 그 자리에는 퍼런 잎들이 가득이 메우고 있다.

얕은 산자락에는 아까시나무꽃이 드물게 피기시작 하고 있다. 이와 더불어 예전에는 보기 어려웠던 이팝나무꽃이 가로수로 많이 심어져 우리도시에서도 쉽게 볼 수 있다. 탐스럽게 소복소복 나무 가지가지 마다 꽃이 피었다. 이팝나무꽃이 왜 이팝나무로 불러지게 되었는지는 많이 알려져 있다. 이팝나무꽃잎을 들여다보면 뜸이 잘 들어서 윤기가 잘잘 흐르는 흰쌀밥알과 똑같게 생겼다고 하여 불러지게 됐다. 어려웠던 보릿고개인 때에 흰쌀 밥알 닮은 꽃이 하얀 사기 밥그릇에 이밥을 수북이 담아 놓은 것 같다하여 이팝나무라 불러졌다고 한다.

이팝나무가 우리나라 도시마다 가로수로 심어졌다. 어느 도시엘 가도 요즘 쉽게 볼 수 있다. 우리나라가 쌀농사가 잘되어 창고마다 쌀이 그득그득 하다고 한다. 하여 쌀농사가 잘되어 수확이 많아졌는데 소비가 다 안 되어 북한에 나누어주기까지 한다는데 이팝나무를 도시마다 심어서 이밥을 그리워하던 시절을 반추하자는 것은 아니라 여겨진다.

그렇다면 모든 도시마다 심어서 똑 같은 환경으로 만들 것이 아니라 지방마다 특색 있는 나무를 가로수로 심어서 도시의 미관과 경관을 어울리게 하여 관광자원으로도 활용하면 좋을 것 같다. 어느 한 도시에서 이팝나무를 심어서 성공했다고 하여 온 나라의 도시마다 이팝나무를 심는 것은 하지 말아야 할 것이다.

이때 즈음이면 도시에 향긋한 향기가 바람결에 골목마다 솔솔 진한 향기를 뿌려주었던 아까시꽃이 있다. 우리에게 향긋한 향과 달콤한 꿀을 제공했던 아까시나무 꽃은 어느 날 갑자기 몹쓸 나무가 되어 우리의 곁에서 사라졌다. 아까시꽃이 많이 피었을 때는 향긋한 향기에 봄은 슬쩍 묻어서 가버려서 그 것을 자연스럽게 받아들였다.

　살림살이가 좀 나아져도 자연이 자연스럽게 주는 것을 사람이 막아서는 안 된다. 자연적으로 있던 것을 조금 불편하다고 하여 편리를 위하여 없앤다면 결국 인위적인 것만 남는다. 자연의 섭리를 거슬리면 결국 그 피해를 우리가 본다는 것을 요즘의 일기를 통해서 피부로 느끼며 살고 있다. 늦었다 생각들 때 다시 시작하면 늦지 않다고 하였다. 5월이 오면 온 나라가 이팝나무꽃으로 산과 거리를 메울 것이 아니라 도시마다 특색을 살려서 가로수가 심어지기를 기대하여 본다.

바위 밑 빙빙 돌던 물 어디에···

더위가 30도를 넘나들고 있다. 2~3년 전만해도 6월 하순경부터는 장마가 시작되어 7월 중순이면 장마가 1차가 끝나고 중하순부터는 여름휴가를 떠난다. 대략 8월 중순까지 휴가로 이어지고 8월 중순이 되면 동해 바닷물이 차가워져서 못 들어간다 했다. 이렇게 대략적으로 한 해 여름 우리들의 일정이다. 그리고 나면 추석이 가까워지면서 제2차 장마가 시작 되어 여물어가는 벼들을 논바닥에 다 눕혀 놓고 가는 강한 태풍을 동반한 장마가 있었다. 명절 밑에 왔다가는 태풍으로 모두들 긴장 했었다.

올해는 6월이 지나 7월 중순이 다 되어 가는데도 비는 오지 않고 있다. 40년 만에 가뭄이 들었다고 한다. 물 관리가 중요하다고 언제부터 말들은 하지만 관리가 잘 되고 있지 않은 것 같다. 또 우연인지 요즘 전국 곳곳에서 붉은 수돗물이 집집이 수도관을 통해 가정에서 사용하는 물이 나오는 곳이 있어 수질검사를 한다는 등 하고 있다. 우리가 편안하게 수돗물을 사용하고 있어 요즘 얼마나 가물고 있는지에 대한 생각을 못하고 있다. 농사짓는 농촌에 가면 논에 물대기가 너무나 힘든 다고 한다. 저수지마다 바닥이 들어날 정도로 저수지에 물이 마르고 있다.

우리가 밥을 먹느니 안 먹느니 해도 아직은 주식으로 쌀을 이용하고 있다. 쌀농사를 많이 짓던 안 짓던 가을이오면 추수 할 때 풍년이라는 말이 뉴스를 통해서 알려지면 모든 것이 풍요롭고 풍성해지고 우리가 살아가는 다양한 면이 다 편안해진다. 그 것으로 인해 물가는 안정이 된다. 풍년이라는 말에는 많은 뜻이 들어있다. 꼭 농사의 쌀 소출로만 풍년이라고 생각하지 않는다. 풍년이 들면 우리의 모든 것이 풍족하다는 생각으로 풍년으로 인해 서로의 마음도 넉넉해진다.

철원에 있는 고석정을 찾았다. 한탄강 중류에 있는 국민관광지이다. 의적 임걱정이 활동 하던 때의 본거지로 알려진 곳이다. 한탄강의 물은 북으로부터 흘러온다. 넓고 깊은 계곡 안에 그득한 물은 역동적이리만치 세차게 굽이굽이 흘러서 그 물의 흐름을 보는 것조차 위압감을 느낄 정도로 많은 물이 흘렀다. 계곡 안을 가득 채웠던 물이 혹시 범람하면 철원평양의 기름진 논농사에 해가 될까 우려 할 정도로 물이 정말 많았다. 요즘 그 곳의 물은 흐르는 것보다 고여 있는듯하여 안타깝기 그지없었다. 그 많던 물이 다 어디로 숨었을까? 고석정 바위 밑에는 시퍼런 물이 빙빙 돌았다. 그 빙빙 도는 물의 모양이 고요하면서도 그 깊이가 무척 깊어 그 곳을 찾는 사람들은 혹여 물에 들어가도 그 물줄기에 빨려 들어가지 않기 위해 조심하고 조심했었다.

　우리가 사는 동네에는 물안골이라는 지명도 많이 있었다. 물이 그만큼 많았는데 계곡을 찾아 그 맑고 깊었던 물을 눈으로 보기만 해도 깨끗하고 시원했었다. 물을 전문적으로 관리하는 관공서도 있다. 땅에서 솟는 물이든 하늘에서 내리는 물이든 늦었지만 지금부터라도 아끼고 관리를 해야 한다. 물을 언제부터 우리가 사서 먹었는가를 생각해보면 알 것이다. 우리가 흔하게 낭비하는 물에 대해서 심각하게 고민하고 절약해야 한다. 경제적으로 절감하려고 물을 절수 하는 것이 아니고 물에 대한 깊은 생각으로 대해야 할 것이다.

　정말 물이 고갈 되면 4차 산업시대라 해도 우리가 살아가는데 모든 것의 기초가 흔들리고 정지 된다. 생명에 대한 생각까지로 더 넓혀서 우리 모두가 물에 대한 전문가적인 태도를 가져야 한다. 가물거나 기온의 변화에 대해 지금은 지구의 기후 변화 때문이라고 이야기하고 있다. 변화에 대한 대응에 대해 전문가 집단에서는 물이 말라가고 있음을 알려서 우리가 해야 할 일을 알게 해야 한다.

커피숍 처마 밑의 사람

색 다른 사람들끼리 초록에 동화 되려고
햇빛가리개 밑에 커피 한 잔 들고
모여 앉아있다

건너편 담장 너머 울타리 안에
초록에 동화된 닭 열 댓 마리가
모이를 부리로 쪼고
수탉이 암탉을 소리 지르며 쫓아
뛰며 날개를 친다

공간에서 우리들은 서로가
다른 모습으로 각자 마음 안 가득하게
커피색 같은 생각으로 차를 마시며
서로의 진실 조각을 꺼내어
맞추기를 하고 있다

건너편 닭장 안의 닭들은
진실 조각을 부리로 쪼고 있다
초록에 동화되려고

커피 한 잔 들고 있는 우리
초록에 동화된 닭
모두가 함께 살고 있다

초여름 단비가
진실 조각을 연둣빛 나뭇가지에
걸어 놓고 흔들고 있다

호박

　더위가 한참 일 때 이른 아침에 전철이라도 타고가다 창밖을 바라보면 농가 한쪽에 푸른 숲에 유독이 싱싱하게 피어있는 노랗다 못해 황색을 가지고 활짝 피어 있는 호박꽃을 볼 수 있다. 호박꽃을 자세히 보면 아름답다. 뛰어나지는 않지만 다른 꽃에 비해 절대로 뒤지지 않는 나름 아름다움을 가진 꽃이다.

　호박꽃은 일가화(一家化)라 하여 암수의 꽃이 한 가지에 핀다. 6월쯤 피기 시작하여 서리가 내릴 때까지 핀다. 호박은 18세기 중엽이 되어서 지배되고 식용이 되었다고 한다. 더 일찍이 재배되기도 했었으나 문헌에는 그 즈음에 기록 되어 있다고 한다.

　호박은 대략 동양종 호박과 서양종 호박 페포종 호박으로 나누어진다고 한다. 동양종 호박은 고온다습한 지역에서 재배가 잘 된다. 서양종 호박은 서늘한 지역에서 재배되고 페포종 호박은 멕시코와 북아메리카 서부지역에서 재배 된다고 한다. 우리 먹거리로 함께하는 호박은 대략

애호박, 늙은 호박, 단호박 이렇게 식재료로 사용한다. 애호박은 계절과는 무관하게 언제든지 구입하여 식재료로 사용 한다.

가을이 되어서 추수를 다 끝내고 나면 마루 한쪽 구석에는 늙은 호박을 즐비하게 놓아 늦가을의 농촌 풍경으로 한 몫 했다. 김장까지 다 하고 나면 그다지 춥지 않은 한 낮에 모두 모여서 호박 껍질을 살짝 벗기고 끊어지지 않게 길게 깎아서 호박을 빨래줄어 널어서 말린다. 그 것을 보통 '호박고지'라고 부르는데 호박말랭이를 말한다. 호박말랭이로 호박 시루떡을 하면 그 맛이 일품이다. 햇살에 말린 호박말랭이는 비타민D가 풍부하여 건강식으로 귀하게 만들어 먹었다.

그리고 호박 말랭이를 만들기 위해서 호박 속을 파고 나서 호박씨를 추려 잘 말려서 아이들의 간식거리가 되거나 다음해에 심을 씨앗으로 잘 보관 되었다. 단 호박은 더욱 귀했다. 그 모양이 작고 단단하다. 하여 보통 쪄서 먹는다. 고구마 보다 더 맛이 나기도 한다. 우리의 농사기술이 발달 되지 못 했을 때에는 호박도 참 귀한 먹거리였다.

요즘도 우리의 먹거리로 뗄 수가 없는 게 호박이다. 애호박전은 계절을 가리지 않고 제사상에도 꼭 한자리를 차지한다. 그뿐만 아니다. 여름철 쌈으로 상추가 있지만 어린 호박잎을 따서 쪄서 쌈으로 먹으면 잃었던 입맛이 돌아올 정도로 그 맛이 여름철 별미로 꼽히고 있다. 그리고 뷔페를 가면 호박죽은 누구든 즐겨서 많이들 먹는다. 그뿐만 아니다 호박

말랭이는 정월 대보름이 되면 겨울철 나물로서도 빠지지 않는다. 호박 말랭이 나물은 다른 나물보다 달달함과 식감이 좋아서 어른 아이 모두 좋아 한다.

애호박은 한 겨울에도 가정마다 하나씩은 꼭 식재료로 냉장고에 있다. 애호박 하나만 있으면 찌개와 나물과 볶음 등 안 되는 반찬이 없다. 가끔 입맛 없을 때 카레에 크게 썰어 넣으면 더욱 풍미를 돋우세 한다. 우리가 학교 다닐 때 비타민A를 먹으면 눈에 좋다고 배웠다. 그래서 비타민A가 많이 들어 있는 호박을 식재료로 많이 먹으면 좋다.

서양에서 늙은 호박은 10월 말일쯤 되면 할로윈 데이에 크게 쓰이기도 한다. 호박 속을 파고 눈 코 입 등을 오려서 그 호박 안에 불을 점등시켜 잭오랜턴의 호박등을 켜놓고 그들이 지키는 전통 문화의 날을 멋지게 만드는데 일조를 하기도 한다. 그리고 서양의 호박은 부정 적이면 긍정적인 면에 호박이 등장한다. 동화 속 신데릴라의 호박 마차와 해리포터의 호박 주스 등이 있다.

호박은 버릴 것이 하나도 없다. 어리면 어린대로 늙으면 늙은 대로 그 쓰임새가 다양하고 중요한 건강식으로서 역할을 한다. 가격도 비싸지 않다. 붓기를 가라앉히고 철분과 칼슘 비타민A.C가 풍부하여 기력 회복에 도움이 된다고 한다. 겨울철 추위로 기력을 잃기 쉽다. 구하기 손쉬운 늙은 호박을 구해 따뜻한 호박죽으로 겨울을 건강하게 맞이했으면 한다.

전철 안의 사람들

　전철을 요즘 타면 내리기 싫다. 너무나 시원하고 쾌적하여 좋다. 안산 중앙역에서 서울의 중심 명동까지는 약 1시간10분정도 소요 된다. 그 짧은 시간 안에 수 없는 사람들이 타고 내리고 한다. 타고 내리는 사람들을 잠깐만이라도 살펴보면 요즘의 유행하는 옷차림을 알 수 있다. 그리고 신발도 무엇이 유행 하는지 알 수 있으며 머리의 염색 색깔 등 남녀노소를 막론하고 최근의 유행 하는 옷차림에서 화장에 이르기까지 모든 것을 한자리에서 볼 수 있다.

　전철을 타면 목적지까지 가는 동안에 밖의 풍경을 감상할 수 있다는 것을 빼 놓을 수 없다. 논에는 벼들이 쑥쑥 자라서 이삭을 튼실하게 내고 있고 고추 밭에는 붉은 고추들이 주렁주렁 달려있다. 고추 밭처럼 크지는 않지만 모퉁이 밭 한 켠에는 가지나무에 가지가 달려 있는 것도 보이고 호박꽃이 노랗게 피어 활짝 웃고 있는 것도 볼 수 있다. 뿐만 아니다 잘 정돈된 멋진 집의 지붕도 보이고 그 마당에 피어있는 백일홍도 보인다.

그러다 보면 한강을 건너 서울 중심부로 들어가게 되면 지하라서 볼 것은 없지만 역마다 타고 내린다. 안산에서 전철을 탈 때와는 사뭇 다른 것을 느끼는 순간도 있다. 역시 서울 사람들은 질서를 잘 지키는구나 하는 것도 볼 수 있다. 물론 전철을 타려고 길게 줄을 서는 것은 우리도 한다. 일단 서울 중심부에서 전철을 타고 내리는 사람들은 참 조용하게 타고 내린다. 물론 가까운 거리를 전철로 이동하니까 짧은 구간에서 말을 한다 해도 길게는 못하고 내리는지 모르겠지만 참 조용하게 행동하여 타고 내린다.

미리미리 내릴 것을 계산하여 문 가깝게 서있거나 행동이 남을 배려하려고 한다는 게 눈에 보인다. 물론 출퇴근 시간에는 볼 수 없는 일이지만 그 시간이 끝난 전철안의 사람들은 목적지 가기까지의 시간을 나름의 전철 안에서 무엇을 할까를 생각하고 탑승하는 것 같다. 대략적으로 청장년층은 이어폰을 꽂고 휴대폰과의 말 없는 대화를 많이들 하고 있다. 아니면 머리를 깊숙이 숙여서 잠을 청하거나 피곤에 졸다 옆 사람의 어깨에 잠깐 실례를 하기도 한다. 이런 풍경은 사람들의 마음을 따뜻하게 한다.

전철안의 여러 풍경은 우리 서민들의 참 모습이다. 그 모습을 보면서 조심해야 할 것 그리고 다음에는 해봐야지 하는 배움도 있다. 하지만 전철 안이 신기해서 인지 이쪽저쪽 자리를 옮기거나 손잡이를 잡고 운동을 하는 흉내를 내는 어른들도 있다. 자리를 옮기는 것까지도 좋다 헌데 자리를 옮긴 곳이 일행들과 거리가 먼데도 큰 소리로 이야기들을 한다. 그 내용이 무엇이던 간에 전철 한 칸이 다 들어서 공유할 이야기는 아닌 듯한 내용을 마구 뱉어내어 그 답을 주고받는다. 이런 모습은 참으로 해서는 안 되는 일이다. 전철 한 칸에서도 멀리 앉게 된다면 하고 싶은 이야기를 휴대폰문자로 주고받으면서 가면 시간도 빨리 가고 좋다.

전철은 등산객들이 많이들 이용하는 것 같다. 물론 산이야 어디 던 갈 수 있다. 등산을 가기위해서는 일종의 장비들이 있다. 장비를 많이 가지고 탑승을 하면 다른 사람들에게 피해가 가지 않도록 배려를 해야 한다. 그 등산장비들로 일반시민들에게 폐를 끼쳐서는 안 된다. 전철안의 배려가 산을 오르는데도 예의가 된다고 본다. 서 있는 사람들에게 폐가 되지 않아야 한다. 전철안의 쩍벌남이 많아서 옆 사람에게 폐를 끼쳐서 쩍벌남이라는 신조어가 탄생되어 많은 사람들이 조심하여 전철 안에서의 자리를 넓게 차지하는 것도 많이 사라졌다. 하지만 요즘 여성들도 짧은 치마를 입고 무릎을 붙이고 자리에 앉지 않아서 가끔은 민망스러울 때도 있다.

우리의 일상에서 사소한 것이라도 어떤 일이든지 서로에게 배려함이 없이 무례로 이어진다면 우리가 경제적으로 잘 살아도 아무런 가치가 없는 일이다. 또한 배려는 내가 편한 대로의 배려가 아니라 상대입장에서의 배려가 참 배려다. 전철 안에서 자리를 여기저기 옮겨가며 큰소리로이야기 하는 것, 등산장비가 옆 사람에게 불편을 주는 것, 쩍벌남녀 이 모든 것이 자기만이 편한 대로의 행동에서는 일어나는 일이다. 상대와 주변을 조금만 생각하고 행동을 한다면, 일상에서 행복한 문화시민으로 서의 자부심을 가질 수 있다.

라스트 미션(last mission)

　외화 중에서 '황야의 무법자'와 '석양의 건 맨'은 안 본 사람이 없을 정
도로 그 시대에 우리들은 서부영화를 즐겨 보았다. 주인공인 크린트이
스트우드의 멋진 액션은 오차 없이 정확하게 저격하는 솜씨가 아직도
눈에 선하다. 그 멋진 주인공이 만들고 주연한 영화가 개봉 되었다. 90세
가 된 배우가 87세의 나이로 분하여 가족이라는 둘레의 이야기를 풀어
낸 영화이다. 연세에 비하여 아직도 곧은 성정이 화면에 보여 졌다. 세월
에는 그도 어쩔 수 없는 듯하다. 등이 굽어 있었다.

　그는 멜로 영화에도 출연한 적이 있다. '메이디슨 카우티 다리'라는 제
목의 영화에서는 세계적인 잡지사 사진작가로서 분하여 중년 여성들이
사랑에 관하여 한 번 쯤 생각 하게 했던 멋진 연기를 보여 주었다. 하지
만 영화 보다는 책이 더 베스트셀러로 읽혀져서 영화는 큰 흥행에는 접
근 하지 못한 것 같다. 그도 결국 젊어서의 가족이라는 굴레와 나이 들어
서의 가족에 대해 다시 한 번 생각 해 본 것 같다.

영화 속의 주인공은 가족 굴레에서 남성들의 사회 구성원으로서 살아 가야 하는 모습을 많이 보여주려고 했다. 가족을 부양하기 위해 일만이 가장으로서 할 일이라 여기고 있었다. 결국 가족의 굴레에는 아내와 자식 그리고 여기서 파생된 주변이 있다. 사회학자 "겔러스"는 이렇게 가족을 정의 한다. '가족은 혼인, 입양 동거를 통해 구성되는 기본적인 사회집단으로서 장기적인 헌신과 구성원들의 역할 수행을 통해 유지되는 애정적인 운명공동체이자 사회를 유지하는 기본단위이다'.

기본적인 사회집단의 장기적인 헌신으로 구성원의 역할은 경제적인 역할을 제외하고 이야기 할 수 없다. 가족의 단위로 우선해야 할 가장의 의무는 생계를 책임져야 한다. 그것을 실현하기위해 경제현장에서 치열한 경쟁으로 살아남아야 하는데 그것 또한 그렇게 호락호락하지 않다는 사실에 가장이 느끼는 무게는 크다고 여겨진다. 가족의 단위가 기본적인 사회집단으로 이익관계를 초월한 애정적인 혈연집단이며 같은 장소에서 기거하고 사회화를 통하여 인격형성이 이루어지는 인간 발달의 근원적 집단이라고 한다. 하지만 이러한 것은 시간과 사회가 발달하는 특성에 따라 다양하게 나타난다.

그 다양성을 실제 있었던 사실을 영화로 풀어내어 지금 우리가 살고 있는 시대의 가족의 이야기를 하고자 했던 것 같다. 첨단의 과학과 물질만능의 시대에서 가족의 가장에게 요구되는 것이 진정 무엇인가를 메시지로 던져주고 있다. 젊어서는 사회 구성원으로서 반듯하게 경제활동을 하다 시대의 흐름을 읽지 못해 실패하였다. 반듯한 경제활동을 하기위해 가족들과 갖는 시간이 소홀해졌다. 하여 가장으로서의 역할을 놓쳤다. 결국 그것으로 인해 가족으로서의 일탈된 삶 속에서 어떻게 살아야 하는 것에 무게를 두었을 때 경제적인 것을 떼어 놓을 수 없는 것이다. 여기에서 라스트 미션이 주어진 이야기 전개다.

동서양을 막론하고 가장들이 가지고 있는 생각이나 형태는 크게 다르지 않다고 여겨진다. 정도의 차이는 있지만, 우리 할아버지 할머니 시대와 아버지 어머니의 시간들이 주변과 환경이 다를 뿐이다. 비슷하다. 영화 속 주인공도 놓치지 않고 말한다. '인생에서의 최고는 가족'이라고 한다. 평생을 열심히 산 가장과 자의든 타의든 젊은 시절 방탕하게 산 가장도 가족의 소중함을 깨달은 나이가 되었기 때문인지도 모른다. 가족은 참 따뜻하고 내가 더 사랑을 많이 받는 곳이다. 하여 형태적 의미와 기능적 의미를 수행하는 가족단위를 좀 더 잘 수행 할 수 있게 모두가 노력해야 할 것 같다.

현명함을 보태고 싶은 마음

남쪽에는 태풍이 지나가면서 물난리가 났다고 TV뉴스에 보도 되고 있다. 우리 동네에는 비가 내리는가 하고 준비를 하면 슬쩍 아주 작은 량으로 뿌리고 지나갔다. 빌딩 옥상에 텃밭 가꾸기를 했다던가 아니면 나무로 화분을 크게 짜서 식물을 심고 물을 주고 하여 고추와 상추를 한 여름 조금씩 따서 먹으려고 했던 곳엔 물주기 조차 어려워져 말라 죽거나 타 죽어서 그 흔적만 남아 있다.

한 여름이 되면 모두들 휴가를 떠올리고 국내로 아니면 해외로 휴가를 떠날 것을 기대하며 가족들과 또는 어울리는 모임에서는 나름 바쁘다. 하지만 올 여름은 무엇인지 하면 안 될 것 같은 의무감이랄까 아니면 누구의 눈치를 봐야하는가 하게 된다. 나라가 안과 밖이 여러 모양으로 정리 정돈이 안 되고 보통의 편안함이 없어 불안 한다.

보통 사람들은 어떤 큰 사고가 일어나면 안전에 대해 불감증에 있다고 하며, 그 원인에 대해서 대책과 방비를 세워야 한다고 말한다. 그러다 보면 그 일에 대해 국회는 국회가 할 일을 하고 행정부는 행정으로 할 일을 한다. 그리고 공표가 되면 우리시민들은 안심하고 그 일에 대해 정해진 것을 생활에 받아들이고 숙지하려고 노력한다. 때론 바로 숙지가 안 되어 위반과 단속이라는 명칭 아래 벌금을 내거나 경고를 받는다. 그러면서 시민들은 서로서로 익히고 지키며 사회구성원으로써 작은 행복을 찾으며 잘 살아보려고 노력한다.

생각해 보면 예전에 어른들이 TV에서 뉴스만 보시기에 왜 재미없는 뉴스를 그렇게 집중하여 보는지 이해를 못했다. 요즘은 그 재미없던 뉴스를 정말 집중에 집중을 하여 시청 한다. 무엇인지 불안하여 어떻게 해결책을 들을 수 있을까 하여 초집중하여 시청하고 신문을 읽고 또 읽는다. 예전에 어른들께서도 우리가 살아가는 지금처럼 나라의 안과 밖의 정세가 불안하여 집중하여 뉴스를 보셨나 보다.

우리가 시대에 뒤 떨어지지 않기 위해서는 변화하는데 게으르지 않게 새로운 것을 받아들여 모두가 첨단의 시대에서 잘 살면 된다. 하지만 첨단의 문명시대에 잘 살기 위해서는 우리의 생각도 첨단의 생각으로 바꾸어야 한다. 옛날 어른들의 생각을 지금의 생각에 대입을 한다든지 비교 한다든지 하는 생각은 시대착오적이라 여겨진다. 그 시대에는 소통의 시간과 정보를 공유하는 시간이 길어서 어쩔 수 없는 일이었지만 지금은 SNS를 통해 지구 한 모퉁이에서 일어나는 일을 손바닥 보는 것 같이 들여다 볼 수 있다.

대기업이나 중, 소 기업체에 다니는 가족들은 요즘 좌불안석이다. 내일이 어떻게 될지 모르니 여름 휴가소식이나 이야기는 아예 말도 못 꺼낸다. 나름대로 여기저기서 들은 정보를 가지고 어떻게 해야 이 어려운 난국을 이기고 나가는가에 좋은 정보력을 보태 보려 하지만 그 정보력을 보태는 마음은 급한데 그 길은 너무 멀기만 하여 그것도 어렵다.

토론 문화가 우리에게 다가 온지 얼마 되지 않아 각자 알고 있는 정보를 가지고 차를 마시다가도 토론 아닌 대화를 하다가도 결국 얼굴을 붉히고 성질 급한 사람들은 주먹이 나가기도 한다. 이런 작은 예로 볼 수 있듯이 어느 한 쪽으로 기울면 안 된다. 그 속이 깊은 나라 안과 밖의 일을 속 깊이를 많이 알거나 작게 알거나 관심이 많지 않은 우리들 마음을 하나로 묶는 일에 위정자들은 열중하여 힘을 기울여야 한다.

서로 자기 말이 옳다고 주장하여 사람들의 마음을 갈라놓으면 안 된다. 현명하게 그리고 어떤 방법이든 기업이 잘 되어야한다는 그 하나만의 목적을 가지고 지금의 현안에 대해서만 집중 한다면 다른 샛길로 빠지지 않는다. 기업이 잘 되게 해놓고 해묵은 이야기든 새로운 이야기든 줄다리기를 하든지 하는 게 현명하다고 여겨진다. 그래야 시민들에게서 불안함을 거두는 빠른 길이다. 부디 빠른 시간 안에 안정적인 우리 시민들의 생활이 되어 여름휴가의 쉼을 누릴 수 있게 되기를 기도 한다.

황금지붕의 교회

　발해의 땅 하바로프스크와 블라디보스톡을 얼마 전 다녀왔다. 6월말의 날씨는 우리나라 5월의 날씨와 비슷했다. 아까시아 꽃이 피어 지고 있었다. 구소련이 붕괴된 후 여행을 할 수 있는 나라가 되어 있다. 얼마 전 월드컵을 치룬 러시아다. 우리나라 남북한을 합친 크기의 177배의 땅을 가진 나라다웠다. 길도 넓고 공원이 참 크고 넓었다. 공원 정돈은 깔끔하게 잘 정돈이 되었고 자연그대로의 나무와 풀들이 공원 안을 가득 채우고 있었다. 승용차들은 대부분 일본에서 생산된 차량으로 넓은 거리가 복잡할 정도로 차량도 많았다. 그들이 사용하는 가스 값은 정말 저렴하였다. 그래서인지 차량이 엄청 많았다. 비가 잘 오지 않는다고 했는데 여행 하는 동안 비가 내내 내렸다. 비가 우산을 쓰지 않을 만큼의 량으로 내려서 여행하는 데에는 큰 불편함을 못 느꼈다.

　여행은 그 나라의 현재와 과거의 문화를 둘러보는 일이다. 물론 여행의 목적에 따라 다를 수 있지만 패키지여행은 대략 과거의 문화를 둘러

보는 것이다. 제정러시아의 다양한 문화유산은 혁명으로 없어졌는지 어디에 숨겨 놓았는지는 모르겠지만, 지금 현재는 전쟁기념관과 전쟁에서 목숨을 잃은 전쟁영웅의 추모 시설이 현대식으로 잘 건축되어 있는 것을 볼 수 있었다. 천연가스가 많은 나라답게 전쟁영웅들의 추모 시설에서는 꺼지지 않는 불로 추모의 뜻을 살리고 있었다.

스탈린의 모습은 모두 사라졌지만 레닌은 여기저기 동상으로 있어서인지 살아 있는 듯하였다. 큰 공원과 너른 광장이 많았는데 광장엔 전쟁영웅들의 동상이 많이 있었다. 하지만 유독 눈에 띄는 것이 있었다. 황금지붕의 동방정교회인 것이다. 반갑고 신기 했다.

우리가 알고 있는 대로 중세교회는 1054년 교회가 서방교회와 동방교회로 분열되면서 교황의 절대권을 강화하기 시작하여, 특히 '필리오케' 논쟁은 성령이 하나님에게서 나왔다는 기존의 교리에 서방교회 '아들로부터'를 추가하면서 신학적 차이가 벌어졌다. 라틴어를 사용하는 서방교회는 실용적이며 법률에 기초한 적극적인 문화를 형성하였고 그리스어를 사용하는 동방교회는 신비적이며 명상에 기초한 정적인 문화를 만들었다. 이슬람 제국이 콘스탄티노플을 정복하자 동방교회는 모스크바를 중심으로 이동 하였다. 이렇게 이동하여 정착한 동방정교회는 우리의 땅이었던 발해 땅에도 뿌리를 내리고 있었다.

교회들의 크기는 작지는 않았다. 한 교회 안에 들어가서 볼 수 있는 기회가 있었는데 의자가 없는 교회라 했다. 1층은 교회 바닥에 서면되고 2층은 교회의 벽을 따라 사람들이 서서 예배드릴 수 있는 공간이 마련되어 있었다. 1,2층을 합쳐서 1,500명가량이 예배를 드릴 수 있다고 했다. 1,2층이 분리된 것은 아니다. 지금 우리들의 예배처소하고 같다. 다만 의자가 없다. 그리고 예배를 인도하는 지도자들도 서서 예배를 인도하게 되어 있었다. 교회 내부는 많은 그림으로 꾸며져 있었다. 자세히는 모르지만 우리나라의 성당하고는 많은 것이 다른 것 같았다. 개신교도인 사람으로서는 교회 내부의 예수와 성모 그리고 예수의 제자들과 그림으로 표현한 수많은 아름다운 그림들이 예술이라는 무게에 더 힘을 실어 감상 하였다.

여행객을 위한 교회 들어오는 입구 쪽에 기다란 나무의자가 하나 있었다. 무심코 앉았는데 먼저 앉아있던 여자 분이 기도를 하고 있었다. 마음이 찡 할 정도로 작은 소리로 간절함이 묻어나게 어깨를 들썩이며 울며 기도 하고 있었다.

"그러므로 너희는 이렇게 기도하라 하늘에 계신 우리아버지여 이름이 거룩히 여김을 받으시오며 나라가 임하시오며 뜻이 하늘에서 이루어진 것 같이 땅에서도 이루어지리라" -마태복음 6:9~10

우리종교의 교파는 달라도 아마 그 러시아 여성도 하나님이 가르쳐 주신대로 기도를 하고 있다고 생각 했다. 하나님과의 소통이 어떤 곳에서 어떤 방법이던 우리는 하나님이 명령하신대로 기도를 하면 된다. 지금도 종교학자들은 종교에 관하여 연구가 이어지고 있다. 하지만 우리는 그것과는 무관하게 하나님이 명하신 하나님나라 확장하는 사업에 참여하고 전파하면 된다고 생각 한다. 여행지에서의 황금지붕의 교회에 들어가서 묵상으로 교회역사 현장을 보고 기도하게하심에 감사기도를 하였다.

러시아사람들도 종교를 가질 수 있고 예배를 드릴 수 있다고 한다. 그것은 종파야 어찌 되었던 지구상의 수많은 그리스인들의 기도의 힘으로 이루어낸 결과 일 것이다. 동서양이 닮은 듯 하면서도 다른 문화 속에 발해의 땅엔 예수님이 살아 역사하심에 감사의 기도가 절로 나왔다.우리 조찬기도 모임도 안산시를 위해 많은 기도가 이어져서 성시화가 되길 기도 한다.

복더위와 희소식

　말복을 기점으로 8월도 중순으로 접어들었다. 작년의 너무 더워서 올
해는 기도를 하는 마음으로 여름을 맞이했다. 더위와 가뭄으로 시달리
고 있을 때에 조금 늦은 감은 있었지만 전국적으로 많은 비가 내려서 가
뭄이 곳곳에서 말끔하게 해소 되었다. 그러나 습도가 많은 요즘 더위는
정말 무섭게 덥다. 예전에는 어떻게 여름을 보냈는지 생각이 안날 정도다.
　요즘 웬만한 가정과 장소에는 모두 에어컨이 있어 밖의 더위가 더 덥
게 느껴지는지도 모른다. 하지만 온도의 수치도 예년하고는 다르다. 밖
에 차를 20~30분 세워 두고 차 안의 온도를 보면 45도는 보통이다. 40도
가 넘는 온도는 주로 사막의 기후다. 폭염 경보는 기상청에서 최고기온
이 일 35도 이상이 2일 이상 지속될 것이 예상되면 발령 된다고 한다. 그
폭염이 요즘 연일 발령되고 있다.

　폭염(暴炎)은 사나울 폭에 불꽃 염자를 사용하여 폭염이라고 하니 그

뜨거움을 날마다 체험 하고 있다. 폭염은 그냥 불볕더위가 아니다. 인체에 심각한 영향을 미칠 수 있다고 한다. 혹여 물놀이나 밖에서 활동하는 모든 시간을 잘 조절하여 활동해야 한다. 노출되는 피부를 보호 하는 썬크림도 잘 챙겨서 사용하는 것도 많은 도움이 된다고 한다. 우리 안산은 다른 도시에 비해 녹지율이 73%가 넘는다. 해서 다른 도시에 비해 기온이 더 높지는 않다.

새삼 한 여름 8월이 더 덥게 느껴지는 것이 날씨 탓만은 아니다. 요즘 우리주변에서 일어나고 있는 여러 상황들이 더 덥게 느껴지는 것 같다. 연일 우리나라를 둘러싼 세계의 열강들이 하고 있는 일들이 정말 더위보다 더 덥게 만든다. 그렇다고 나라 안의 이야기도 시원함을 찾기 어렵다. 뜨거운 8월의 열기를 온 몸으로 느끼며 찬바람이 불어올 날을 묵묵하게 인내하며 기다리는 수밖에 없다.

다행히 이 뜨거운 8월에 우리를 힘나게 하고 시원하게 하는 소식이 있다. 바로 여자프로골퍼들이다. 전 세계에 여러 나라의 실력이 뛰어난 선수들과 경쟁하여 대회마다 우리나라서 선수들이 우승을 한다. 하여 그 순위가 전 세계에서 1.2.3등을 하고 있는 여자프로골퍼들이다. 그 상금액도 정말 대단하다. 그들이 여러 나라의 실력이 뛰어난 선수들과 경쟁하여 1등을 한다는 게 정말 대단하고 자랑스럽고 훌륭하다는 말로는 모자랄 정도로 대단하다. 그들의 우승이 우리 모두가 더위를 이기는데 한 몫 한다.

골프종주국에서 열린 대회에서도 종주국의 선수들이 순위 안에 못 들었다. 우리나라 선수들이 우승. 준우승을 하였다. 골프라는 운동이 우리나라에서 시작 된지 얼마 안 되었다. 박세리 붐을 타고 그 후배들이 지금 전 세계를 휩쓸고 있는 것이다.

뜨거운 8월이 그 뜨거움으로 들판의 곡식이 익어간다. 프로골퍼들이 피나는 연습과 노력을 해서 대회에서 우승 하듯이 더위 탓하지 않고 노력하는 사람은 좋은 결과를 이룰 것이다.

뛰어 넘는 생각의 여유

신안산선이 착공된다고 신문이나 뉴스를 통해서 보도가 되었다. 그리고 신안선선이 16년 만에 착공된다는 것은 대단한 일이다. 그럼에도 불구하고 우리들의 마음이 그다지 기쁘지 않다. 기쁘고 좋다는 생각 보다는 신안산선이 착공되어 우리의 살림살이가 얼마만큼 더 좋아지는가? 그리고 서울과 다방면으로 빠르게 소통이 되면 우리가 살아가는데 어떤 이로움이 더 있을까를 생각하여 반기고 기쁜 마음으로 많은 화제 거리로 이야기가 되어야 한다.

그러나 요즘의 우리 현실은 그렇치가 못하다. 일본과의 경제 전쟁이라고 하는 일이 벌어져 있고 안으로는 장관 후보자의 일로 몇 날 몇 칠이 떠들썩하다. 그뿐이 아니다. 자기들의 어떤 이익 앞에서는 모두들 대동단결 하여 머리에 띠 두르고 길거리로 나섰다. 우리 같은 보통의 사람들은 거리로 나온 사람들의 요구하는 뜻을 다 알지 못한다. 거리로 나온 사람들은 얼마나 답답하면 나왔을까 싶다. 거리로 나오기 전에 협상이 왜

안 되는지 알 수 없다.

　우리들의 주변에서 일어나고 있는 요즘의 정치 사회 경제를 아예 관심 없게 바라 볼 수는 없는 일이다. 우리가 살아가는데 함께 해야 하는 중심적인 일들로 관심을 놓을 수 없다는 게 요즘 같아서 참 암담하다는 생각이 든다. 그 것뿐만 아니다 이런 일들을 친한 사이에라도 조금은 이야기 되어 의견이 같다는 생각으로 각자가 서로에게 위로를 주고받고 싶지만 그 것 또한 생각들이 다 다르기 때문에 갈등만 일어나는 것 같다.

　다음 주가 되면 한가위 명절이다. 예년에 비해 명절이 조금 빠르게 왔다. 아직 들녘에는 벼들이 고개를 숙이기는 했지만 아직 다 여물지는 않은 것 같다. 들판에 색이 수채화 물감으로 그림을 그린 듯한 들판이 되지 않았다. 한가위 명절에 쓸 수 있는 여러 가지 농산물이 햇것으로 만들기에는 올 한가위에는 좀 어려울 것 같다.

　명절이 가까우면 고향에 갈 생각으로 마음들이 풍성해지고 어떤 선물로 고향에 계신 분들께 감사의 인사를 할까? 하는 기분 좋은 행복한 마음으로 며칠을 보내고 꼭 알맞은 선물을 준비 했을 때 무엇보다도 기쁘고 행복하다. 그 것뿐만 아니다. 그 선물을 받고 좋아하시는 당사자를 보면 참 잘했다는 충족감에 다른 일도 다 잘 될 것 같은 마음 들어 든든한 자신감도 나온다. 이렇게 소소하고 아주 작은 것에 만족하고 행복함을 갖고 서로의 마음과 뜻을 읽어주어 서로가 상생하는 기쁨과 행복한 마음을 갖을 수 있어야 한다.

이렇게 우리 서민들은 계절의 변화에서 오는 일상의 일들로 서로 나누며 함께 살아가는 일상을 가져야 한다. 정치 사회 경제가 우리들이 살아가는 어떤 부분이던 중심이 되어 있기는 하지만 그 것을 뛰어 넘는 생각의 여유를 가지고 바라 볼 수 있는 지혜로 우리 서민들끼리는 갈등을 없애야 할 것이다. 정치 사회 경제가 개인 각자에게 다가오는 어려 부분이 있다. 상대방의 그 어떤 부분에 해당되어 있다면 그것도 인정하면 좋을 것 같다. 좋은 사이에서 인정해준다고 그것이 어떤 일이 일어난다고는 여겨지지 않는다. 물론 여론 몰이가 된다면 문제가 될 수도 있다. 하지만 우리 서민들의 의견은 의견일 뿐이다.

신안선이 16년 만에 착공이 되어 주변 환경이 많이 개선되고 바뀌는 것에 대한 관심과 그리고 한가위가 다음 주에 있어서 분주한 한주가 되어야 하고 여름 동안 연락을 못했거나 조금 소원 해졌던 일가친척들께 전화나 카톡이나 문자 등을 이용해서 안부를 물어봄도 좋을 것 같다.

우리가 명절을 맞이할 때는 주변 청소를 예로부터 했다. 더워서 못했던 주변 청소와 그리고 여름 내내 열심히 우리를 위해 달려준 자동차 등도 점검 해 보면 좋을 것 같다. 자동차도 미리미리 점검해야 한다. 정비 공장도 밀려 있다. 우리는 우리가 할 일을 다 하고 있을 때 우리의 힘이 나온다고 여겨진다. 정치 사회 경제는 그 방면에 전문가들이 하고 있으니 지켜보면 될 것 같다. 우리시를 동서남북 한가위의 시간을 통해 한 번 둘러 봄도 좋을 것 같다. 도시가 많이 성장하여 많은 변화가 있음을 보고 한가위와 더불어 행복한 마음이 가득 하길 바란다.

감자 꽃

봄 날씨는 정말 알 수 없다. 봄이 오다가 무엇을 잊어버리고 온 것처럼 자꾸 뒤돌아보는 날씨를 보면서 괜한 생각을 한다. 아직은 음력으로 2월말에 속한 날씨이다. 그래서 심술부리는 날씨를 일명 꽃샘추위라 이름 붙여 부른다. 그 심술로 사람들의 마음을 봄꽃이 피는 마음으로 붙들었다 놓았다가 한다.

농사준비는 지금 한창이다. 물론 겨우내 농사준비를 많이 해 놓았지만 밭을 갈고 고르고 고랑을 내고 둑을 만들어 그 위에 필요한 농작물 씨앗을 뿌리고 심을 때가 되었다. 밭농사 중에 지금은 감자를 심을 때이다. 감자는 감자의 눈을 잘라서 씨로 쓴다. 요즘은 씨감자를 종묘상에서 판다고 한다. 그것도 소독까지 마친 우리가 원하는 씨감자를 판매 한다고 한다. 감자를 수확 했을 때 감자를 그대로 쪄서 먹을 것인지 조림 할 것인지 등 취향에 맞는 감자를 먹으려면 지금 씨감자를 잘 선택해서 밭에 심고 잘 관리해야 하지쯤 되면 알이 굵은 감자를 캐서 먹을 수 있다.

이렇게 날씨가 심술을 부리고 있지만 땅속에 심거나 뿌려진 씨앗들은 흙 속에서 열심히 활동하여 싹을 틔워서 흙 위로는 싹을 내고 흙속으로는 깊게 뿌리를 내려 할 일을 시작해서 짧은 시간동안 꽃과 열매를 맺고 사람들에게는 영양가 높은 식재료로 제공한다.

감자 꽃이 필 때면 여름이 시작되는 때가 된다. 감자 꽃은 흰색과 보라색으로 핀다. 보라색 꽃이 참 예쁘다 그저 감자 꽃이라 여기지 말고 혹 감자 꽃을 볼 기회가 있으면 자세하게 보면 다섯 장의 꽃잎으로 꽃이 만들어졌다. 그리고 노란 꽃 밥이 유독 크다. 감자 꽃이 다른 꽃에 비해 별다른 게 있어서 좋아 보이는 것이 아니다. 그저 싱싱한 시퍼런 잎이 그득한 밭에 주먹만 한 꽃들이 줄 맞추듯이 피어 있기 때문이다. 감자 꽃이 필때쯤 감자 밭에 가면 벌과 나비들도 흔하게 볼 수 있다. 감자 꽃 냄새는 좋은 향은 내지 않는다. 하지만 벌과 나비는 그 향의 냄새에는 신경 쓰지 않는 것 같다.

요즘은 감자를 이용해 만들어내는 식품 그 가짓수가 많다. 특히 햄버거를 먹게 되면 꼭 감자튀김을 함께 구입한다. 채 썰어 기름에 튀긴 것인데 겉은 바싹하고 안은 부드럽다. 그 고소한 맛 때문인 것 같다. 소고기를 주식으로 먹던 영국 사람들이 감자를 채소라 여겨 함께 먹어서 일까? 아무튼 그 유래는 모르지만 아일랜드의 주식량이 감자였다고 한다. 감자 생산량이 많이 줄었을 땐 기근이 들어 폭동이 일어 날 정도였다. 유럽에서는 귀한 대접을 받는 감자다. 그래서 감자 요리가 많이 발전되어서 전해져 우리가 그 맛의 덕을 보고 있는 것 같다.

지금은 감자가 맛좋은 여러 종류 음식으로 만들어진다. 특별히 감자는 비타민C가 많이 들어 있다고 한다. 그리고 무기질과 섬유질이 많이 들어 있어서 다이어트 식품으로도 좋다고 한다. 씨감자를 밭에 묻는 것을 보고 하지감자와 감자 꽃이 더운 바람에 일렁거리는 모습이 눈에 아른거린다.

시베리아 횡단 열차

우리나라에서 제일 빠르게 달리는 ktx기차를 못타 본 사람들이 의외로 많다. 그것은 자동차 문화가 빠르게 확산되어 세대 당 자동차가 2대 이상 되기 때문이기도 하다. 업무나 특별하게 기차여행을 하려고 하거나 지방이 고향이 아닌 사람들은 기차를 탈 생각을 하지 않는다. 직접 운전하고 마음에 드는 곳에서도 쉬어가는 자동차를 많이 이용하기 때문이다. 얼마 전에는 무궁화호가 달리지 않는다는 뉴스를 접하기도 했다. 70~80년대에는 새마을호 다음으로 빨리 달리던 무궁화호 기차였는데 세월의 흐름 따라 무궁화호는 역사 속으로 들어갔다.

우리나라의 기차는 1899년 9월경에 노량진에서 제물포까지 32.2Km를 달리는 기차가 일제에 의해 개통 되었다. 물론 일제는 군수물자와 약탈한 물자를 실어 나르기 위한 계산으로 철도를 놓고 기차를 달리게 했던 것이다. 이렇게 놓은 철도 기차 구경을 하려고 달리는 기차 앞에 섰다가 죽은 사람들도 있다고 한다. 우리는 기차 구경을 하다가 죽는 사람도 있을 때에 러시아는 상업용 철도로 1836년에 24km를 달리는 철도를 놓았다고 한다. 그 후 극동아시아 지역의 정치 경제적 필요성이 높아짐에 따라 시베리아 개발의 필요성이 대두되어 시베리아 횡단 철도건설이 구체화 되어 착공25년만이 1916년에 시베리아 횡단열차는 달리기 시작 하였다고 한다.

시베리아 횡단 열차는 유럽의 모스크바와 아시아의 블라디보스톡을 잇는 총길이 9,466km이다. 지구둘레의 4분의1에 가까운 길이며 기차가 지나가는 시간대가 7번이나 바뀌는 가장 긴 열차이다. 그 긴 시간의 기차는 여건상 탈 수은 없지 만 아쉬운 대로 하바로프스크에서 11시간을 타고 불라디보스톡을 가는 기차에 탑승하였다.

밤새도록 달리는 기차였다. 기차역에서의 기차를 타려면 비행기 타는 순서와 비슷했다. 우선 검문 대에서 여행 짐을 검색하고 여권을 보여주어야 했다. 열차에 탑승하기 전 승무원이 여권과 기차 칸과 기차 방 번호를 꼼꼼하게 살펴봤다. 친절은 우리나라에 와서 찾아야 했다.

4명이 함께 이용하는 침실의 침대가 1,2층으로 나누어져 있고 대략 깨끗했다. 저녁 해가 넘어 가는데 달리는 기차 차창 너머에 펼쳐지는 넓고도 넓은 평야의 푸른 나무와 풀들은 인터넷의 그림들처럼 획획 지나갔다.

시베리아로 가지는 못하고 기차의 종착역이자 출발역을 향하여 달리는 기차를 타고 밤새 잠을 이루지 못하면서 기차의 급정거하는 굉음과

역이 참 많다는 것을 비몽사몽간에 느꼈다. 우리나라에서도 이 시베리아 횡단열차를 탈 수 있는 날이 다가오고 있는 것 같다.

남북대화가 잘 소통되어 북한의 핵문제가 해결된다면 금강산의 1만2천봉도 볼 수 있다. 그리고 부산에서 기차를 타면 서유럽까지 비행기를 타지 않고 갈 수 있다. 끊어진 철도를 잇는다면 염원이 아닌 현실이 될 그 날을 기대하여 본다.

유월과 마주한 기억

천둥 치고 번개가 번쩍이는 날씨로 6월이 시작 되었다. 그사이 벌써 한여름의 더위가 오고 장마가 오는 것 같아서 잠시 놀라기도 했지만 예년의 날씨로 돌아 왔다. 그와 더불어 한 낮에는 덥고 밤에는 기온이 뚝 떨어지는 탓에 감기 환자들이 많다. 환경이 주는 여러 것들로 인해서 병원을 찾는 사람들이 더 많아 진 것 같다. 하여 이유도 없이 여기저기 아픈 사람들도 늘어 가는 것 같다.

6월은 우리가 쓰라리고 아픈 많은 기억과 마주해야 하는 달이기도 하다. 그 기억과 마주 할 정도로 우리는 모든 면에서 건강해졌는지도 지금쯤은 한 번 생각 해봐야 할 때이다. 너무나 건강 해졌다고 생각해서 인지 도통 이해와 설득이 안 되는 사회 문제가 너무나 많이 일어나고 인면수심의 일들이 뉴스를 통해서 전파되어 너무나 마음이 아프다 못해 뒤죽박죽인 요즘이다. 비록 우리나라의 문제만도 아닌 것도 사실이다. 헝가리에서 일어난 일도 그렇다 큰 배가 작은 배를 부딪쳐서 뒤집어져 침몰

하고 있는데 구조커녕 아무 일도 없었다는 듯이 가버리는 이런 일이 일어났는지 도무지 이해 불가능한 사건이다.

지구촌은 변화하려고 다양한 방면에서 용트림을 하고 있다. 우리는 이런 변화 앞에 서 있다.이렇게 변화하려는 사회의 여러 조건들 때문에 힘들어 하고 어려워하는 주변과 함께 하려는 생각들로 우리 모두가 힘을 모아야 하는 중요한 때이다. 그러나 우리를 실망시키고 좌절하게 하는 정치, 경제, 사회의 참 리더들은 다들 어디에 있는지 모르겠다. 요즘 시재 말처럼 모두들 잠수타고 있는지 배에… 사공이 많으면 안 되니까 하는 생각으로 잠수를 탓을까? 이 모든 일들이 어느 한 사람이 잘 한다고 해서 되는 일은 아니다. 모두가 힘을 합하여 변화에 대해서 충분한 대화로 이해하고 공감하게 하여 대처 할 수 있게 해야 한다. 그래서 이유 없이 아픈 사람들을 없게 해야 한다.

변화에 대한 기대를 갖게 하고 우리 모두에게 알게 하고 알리고 한다면 우리는 변화를 더 이상 두려워하거나 거부할 이유가 없다. 아무리 좋은 것이라도 무조건적으로 취하게 한다면 그 것은 큰 부작용이 따른다. 우리 모두가 변화에 대한 긍정적 생각을 갖고 점차적으로 차근차근 진행해야 한다. 그 예로 주6일을 근무하다 주5일 근무를 하게 되니 그 하루의 시간을 가지고도 수 없는 시행착오가 경제, 사회적으로 발생 되었다. 그러나 그 시기가 지나고 정착이 되어서 지금은 너무나 소중한 시간으로 우리가 쓰고 있다.

6월을 닮은 붉은 장미가 여기저기 활짝 피어 도시에 꽉 차 있다. 우리가 여러모로 어렵고 힘들어도 주변의 자연환경을 한 번 보자. 그러면 켜켜이 쌓여있는 여러 가지가 눈 녹듯이 녹아내린다. 자연이 주는 여러 가지는 늘 우리를 위로하고 잘 보듬어 준다. 우리도시는 공원이 잘 조성 되어 있다. 저녁 늦은 시간이라도 주변 공원으로 발길을 돌려 보면 참 감사하다는 생각이 든다. 이런 감사한 마음이 아주 짧게라도 6월의 저편에 있는 쓰라린 기억과 마주 할 수 있는 시간이라 여겨진다. 우리 소시민이라도 소소하게 아픈 기억과 마주하여 지금처럼 작은 것에 감사함으로 행복하게 잘 살고 있음에 감사한 마음을 담아 6월의 달력에 매달아 보자.

자원순환

입춘 추위가 설 명절을 지나고서 사흘간 이어지다가 오늘 낮부터는 다시 예년 기온으로 돌아왔다. 그 사흘간 영하의 바람 속에도 언뜻언뜻 스치는 바람결에는 한쪽 뺨의 피부가 반응을 한다. 한 가닥의 머리카락 같은 아주 얇은 익숙해 있던 봄 바람결이 숨어 오고 있음을 알아차리고 있는 것이다.

상록수역 따뜻한 양지에 작은 매화나무에 물이 올라 손톱눈만한 꽃망울을 맺고 있었는데 입춘추위로 어찌 되었을까 걱정이 된다. 아마 잘 견디고 더 꽃망울이 커졌을 것이라 여겨진다. 추위를 이기고 피는 꽃은 그 색깔이 더 짙고 예쁜 꽃으로 핀다.

며칠 지나면 봄바람이 칙칙했던 우리의 일상과 도심의 겨울옷을 벗기려고 열심히 따뜻한 바람을 몰고 올 것이다. 그와 더불어 우리들도 바쁘게 봄을 맞을 준비를 한다. 봄맞이는 학생들이 제일 먼저 한다. 새 학기 새 학년이 되어서 의복부터 학교에서 사용하는 여러가지 학용품은 새것으로 구입하고 학교 개학하는 날만 기다리고 있다. 물론 1학년에 해당되는 말이다. 학년이 올라가게 되면 사용하던 것을 그대로 사용 하거나 모자라는 몇 가지만 더 보충 하면 된다.

그러나 교복은 그와 다르다 1학년 때와는 사뭇 다르게 학생들 신체들은 튼튼하게 발달되어 1학년 때 입었던 교복은 학년이 올라가면서 더 입을 수 없게 된다. 요즘은 교복이 닳거나 헤져서 입지 못하는 교복 소재는 없다. 단순히 몸집이 커져서 작고 짧아서 못 입는 경우가 대다수 이다. 교복의 옷감 소재는 보온력 탄력성 등 정말 좋다. 어른들의 정장 옷감 소재와 비교해도 좋을 만큼 좋다. 그래서인지 가격도 만만하지 않다. 교복을 처음 구입 하여 졸업 할 때까지는 입을 수가 없음을 아이들을 길러본 부모님들은 다 안다.

학교에서 학생이 입는 것은 교복 생활복과 체육복 등으로 요즘은 구분이 된다. 교복은 하복 춘추복 동복으로 나누어지는 것은 우리들은 알고 있다. 하지만 요즘은 생활복과 체육복이 있다. 하여 한 학생의 교복과 생활복 체육복 등을 다 구입하는데 들어가는 비용은 역시 부담스러운 부분이 있다. 하여 올해부터 안산시에서는 처음 입학하는 학생들에게는 교복 구입비가 지원된다. 시장님의 공약이기도 하여 실행되고 있다.

올해도 소비자 단체에서는 자원순환의 목적으로 대물려 입기 교복 나눔 축제를 한다. 학생들에게는 자원 순환의 교육을 하면서 부모님들의 부담도 덜어드리려는 역할을 하고 있다. 작아져서 안 입는 교복을 쓰레기로 버리면 쓰레기 처리비용 또한 많이 든다. 하지만 조금만 관심가지고 물려 입고 나누어 입고하면 물자 절약이 되어 경제적으로도 많은 도움이 된다.

체험적 자원순환 교육에 앞장서고 있는 것이다. 교복도 깨끗하게 입었지만 또한 깨끗하게 드라이크리닝 하여 새로운 주인을 기다린다. 안산시민 모두가 관심가지고 함께 하는 자원순환 에 대한 직접적인 체험교육에 모두가 동참하여 주시리라 믿는다.

봄날은 간다

PART 3

꽃들의 향연

드디어 우리 안산이 꽃 대궐이 되어가는 시간이 되었다. 눈이 부시도록 아름다운 벚꽃이 공원과 천변을 따라 개화가 되었다. 꽃이 피는 봄이 되면 꽃을 보러 다른 지방을 찾아갈 이유가 없다. 눈을 들어 보기만 하면 된다. 보이는 곳에는 온통 꽃들의 향연이 시작 됐다.

목련꽃이 도시의 건물마당에 흰 구름을 머리에 이고 있는 듯이 고고하게 피어 있고

학교울타리에 노랗게 피어 있는 개나리는 그 유연한 가지에 바람을 실어 흔들어 봄의 기운을 널리널리 전파하고 있다. 얕은 산자락에 보일 듯 말듯 붉게 핀 진달래꽃은 산에도 따뜻한 봄바람이 불고 있다고 이야기 한다.

벚꽃은 흰색과 분홍색으로 핀다. 벚꽃은 동아시아가 원산지라고 한다. 대만 중국 인도 유럽 캐나다 미국 일본 북반구 온대 지역에 널리 분포 되어 있다. 벚꽃은 자생종과 개량종을 합쳐 600여종이 있다고 한다.

일본에서는 관상용으로 개량이 되었으며 미국과 캐나다에서는 상업용 체리를 수확 할 수 있는 나무로 개량이 되었다고 한다.

우리 도시에는 밑둥이 굵은 벚꽃나무들이 도시의 가로수로 자리 잡고 있었다. 어느 사이에 도시 중심부의 벚꽃들이 하나 둘 사라지더니 이제는 재건축이 되면서 새로운 나무로 심어졌다. 사라진 벚꽃나무사이에 유난히도 분홍빛이 많이 감돌고 풍성하게 꽃이 피는 나무가 한 그루 있었다. 왕 벚꽃나무 였다. 제일 먼저 사라진 벚꽃나무였다. 어디로 옮겨져 잘 뿌리내고 올 봄에도 풍성하게 꽃이 피었을 거라 여기고 믿는다.

안산천변에도 개 복숭아나무 한 그루가 둑 방 밑에 봄마다 꽃을 피웠는데 그 복숭아나무도 올 봄에는 보이지 않는다. 풀이든 나무든 사람의 손길이 필요 할 때도 있다. 하지만 자생된 그대로의 아름다움으로 두었으면 좋겠다. 가꾸고 꾸미지 않은 자연 그대로의 아름다움을 좋아한다. 이런 것으로 인해 때론 추억의 한 페이지에 묻어 두었던 유년의 봄으로 우리를 데리고 갈 수도 있다.

벚꽃은 약 일주일정도 만개되어 있는 것 같다. 반가운 비가 온다는 예보가 있어 좋다. 하지만 그 시기에 우리도시의 벚꽃은 활짝 필 시기인데 좀 아쉽기는 하다. 하지만 비가 먼저다. 벚꽃은 내년에도 더 화사하고 아름답게 필 것이기 때문이다.

황새냉이

매화꽃이 만개했다는 소식에 봄을 기다리던 사람들이 미세 먼지 속에서도 봄을 찾으러 많은 사람들이 움직였다는 뉴스를 접한다. 봄비가 내려주어 미세먼지를 쫓아주기를 바라면서도 매화꽃이 봄비에 떨어질까 하는 걱정으로 봄을 맞는 일에는 모두 열성이다.

다른 해 보다 올해는 봄이 일찍 시작되었다. 멀리 가지 않아도 시장에 가보면 봄을 알리는 여러 종류의 나물이 많이 나와 있다. 비닐하우스 덕분으로 딸기는 그사이 입맛이 없는 사람들에게 입맛을 돋우고 벌써 노지딸기가 나오기 전까지는 끝물이라고 하고 한다. 그러는 사이 노란 참외가 한참이다. 여름철 참외와 비교해도 될 만큼 당도도 높고 식감 또한 여름철에 뒤지지않는 맛으로 우리의 입맛을 돋우고 있다.

봄이 되면 건강식에 모두 신경을 쓴다. 김치는 묵은 김치가 되고 입맛은 새로운 것을 요구 한다. 그래서 봄나물에 관심을 가지고 본다. 봄나물들은 꽁꽁 언 땅속에서 뿌리를 깊숙이 내리고 잎만 땅위에 내놓아 잎을 보면 언 것 같이 보인다. 하지만 조금만 기온이 올라가면 눈치 빠른 봄나물들이 고개를 들기 시작 한다. 시내에서 조금만 벗어나 논이나 밭에 가 보면 봄나물 중 손쉽게 채취 할 수 있는 냉이들이 자기들의 몫을 하려고 준비 중에 있다. 냉이가 손쉽게 접할 수 있는 봄나물이라 여기지만 시장에서는 비싼 가격에 판매 된다. 아마 재배되어 나온 것이라 여겨진다. 그래도 땅속 깊이 뿌리를 내렸던 나물이라서 그 효능은 같을 것이라 여겨진다.

냉이 맛이 약간 쌉쓰름하다. 그것은 겨자과에 딸린 두해살이 풀이라서 그렇다고 한다. 옛날 어른들께서는 냉이 중에도 황새냉이를 선호 했다. 황새냉이는 뿌리가 땅속 깊이 뿌리를 내려서 캐기도 어렵다. 냉이는 폐를 튼튼하게 하고 염증을 가라앉히며 천식에도 도움이 된다고 한다. 냉이가 막 나올 시기는 환절기라 기침을 동반한 감기가 유행 할 때 이다. 하여 비타민과 단백질 칼슘 철분을 많이 함유 하고 있는 냉이를 국이나 나물 부침으로 만들어 식탁위에 올려 감기 예방에 신경을 썼던 어른들의 지혜를 볼 수 있다.

겨자과에 속한 나물이다 보니 살짝 데쳐도 누린내가 난다. 그 향을 봄의 향기이라고 생각하면 매일 먹는 음식 아니고 딱 이 시기를 놓치지 않으면 좋을 것 같다. 요즘 미세먼지로 마스크를 착용하여도 눈과 목이 아픈 것을 느낀다. 기침을 막을 수 있고 폐를 튼튼하게 한다고 하는 냉이를 많이 이용하여 건강을 지키면 좋겠다.

황새냉이의 이름을 가지고 있는 것은 열매가 황새 다리처럼 가늘고 길다하여 붙여졌다고 한다. 냉이는 우리 주변에 많다. 관심 가질만하게 보이지는 않지만 보도블럭 사이에도 4,5월이 되면 가녀린 대궁위에 꽃잎도 작은 하얀 꽃을 피워 바람에 나부끼기도 한다. 냉이의 생명력이 참으로 대단하다. 그 생명력이 가지고 있는 이 봄나물을 이용하여 건강을 챙기는 일도 중요하다.

어느 노교수의 책속에서

한 15년 전 쯤에는 보험에 가입 하려면 어떤 보험 상품이던 60세가 만기였다. 요즘은 80세에서 그새 100세에 만기가 되는 보험 상품이 많다. 그 때에는 결혼 하고 첫 보험 가입하는 것이 첫아이가 대학 들어갈 때 학자금 쓰려고 드는 보험 상품을 많이 가입했다. 하지만 요즘은 간병비나 특정병을 우려해서 보험 가입들 대체적으로 한다. 또한 우리주변에서 요즘은 팔순잔치가 눈에 띄게 많다. 물론 돌아가시는 분들도 요즘은 80 후반에서 90중반의 연세가 많다.

그 뿐만 아니다. 모두들 젊게 생활을 하니 주변의 어른들 연세를 가늠하기가 어려울 정도로 젊게 사신다. 말과 행동이 모두 젊게 사시는데 그 뒷받침이 되어 판단 한다는 게 쉽지는 않다. 가까운 주변도 이러한데 요즘 언론 매체에서 100세를 살아오면서 그 동안 살아왔던 주변과 그리고 생각 했던 이야기를 솔직하게 그리고 담백한 글로 묶여져 출간된 책이 있다. 다름 아닌 100세의 철학자 김형석 교수의 '백년을 살아보니'를 읽어보니 우리의 생활과 주변은 어떤 위치에 있건 모두가 비슷하거나 같고 모두가 비슷하거나 같은 것을 어떻게 해석하고 어떻게 정리 하느냐에 그 차이점이 있다는 것을 찾을 수 있다.

그 예로 그 노교수님이 아내의 병간호를 오래 하다 보니 초췌해 보인다고 남들이 말하는 것을 전해 듣고 그것을 부끄럽다거나 남의 말이라고 치부하지 않고 감사한 마음으로 받아들여서 본인을 가꾸고 건강 챙기는 것을 부지런히 해서 지금은 정말 최고의 멋쟁이라고 할 만큼 자신을 챙기고 가꾸고 하셔서 건강과 외부로 드러나는 모습 의복차림에도 멋스러움이 묻어나서 최고의 멋쟁이라는 말씀까지 듣는다고 하셨다.

노 교수님의 건강 이야기는 인생의 황금기는 60에서 75세라고 하셨다. 여기에서 보통은 노년기를 65세라고 하지만 일찍이 그 생각을 버리셨다고 한다. 사람은 성장하는 동안 늙지 않는다는 생각으로 75세까지 성장이 가능하다고 여기시고 실제로 그렇게 생활을 하셔서 100세가 되셔서도 글을 쓰시고 책을 내시고 하셨다. 우리가 아는 나이는 동물적이거나 생리적인 관점이라고 생각하시고 정신적 성장과 인간적 성숙은 한계가 없고 노력만 한다면 75세까지도 가능 하다고 하셨다.

우리의 주변에도 86세에 직장을 얻으신 분이 계신다. 그리고 보면 가까운 곳에 80세가 넘어서도 왕성하게 자기 분야에서 활동을 하시는 것을 우리는 볼 수 있다. 관심만 가지고 본다면 많은 분들이 아직도 노익장을 과시하면 젊은 사람들과 견줄만한 생각을 가지고 멋진 삶을 영위하고 계신 분들이 많다. 글을 쓰는 분들은 정신노동을 하여 다른 분야의 사람들보다 수명이 짧다고 예전에는 말을 했다. 하지만 그것도 이제는 옛말이 되었다.

진지하게 공부하며 일하는 사람은 성장을 멈추지 않는다. 모든 것이 순조로이 이루어지는 것은 아니다. 사람은 공부하지 않고 일을 포기 하면 녹슨 기계와 같아서 노쇠하게 된다고 하셨다. 어떤 분은 83세에 시집을 내려고 공모에 도전 하였다. 물론 컴퓨터(인터넷)에 도전장을 내야했지만 주변에 도움을 받아 그동안 정리 해 놓은 원고로 응모 했다. 공모에 당선되기를 기원 하면서 김형석 교수님의 97세에 쓰신 글을 읽고 더 한층 행복했다고 스스로 인정하며 쓸모없는 인생을 살았다는 부끄러움이 없도록 성실한 노력과 도전을 포기 하지 않는 우리 모두는 일상을 계획하여 실천해야 할 것 같다.

찔레꽃과 크로버

싱그러운 파란 5월에 바람이 많이 부는 날에 저녁이 되면 꽃향기가 솔솔 여기저기서 날아든다. 봄꽃이 절정을 이루는 때라서 그런 것 같다. 작은 풀 큰 풀 작은 나무 큰 나무에서는 향기가 많이 나는 꽃들의 합창이 한창이다.

농촌에서는 지금 모내기를 하고 있다. 예전에 비해 모를 일찍 심는 것 같다. 그것 또한 이상기온의 여파라고 여겨진다. 모내기철에는 찔레꽃이 많이 핀다. 그래서 인지 찔레꽃도 요즘 일찍 핀다. 그리고 크로버 꽃도 흔하지만 많이 핀다. 야생 꽃인 두 꽃의 향이 우리도시에 밤이면 내려앉고 차들이 내는 소음이 조금 수그러들면 꽃향기가 흩날리는데 무슨 꽃 향인지 분간이 잘 되지 않는다.

인근 지역에 핀 아까시꽃도 지금 만개해서 밤공기를 타고 날라 오는 것 같기도 하다. 아까시꽃의 향기는 향수로도 만들어 사용할 만큼 향기가 매혹적이다. 밤공기를 타고 날아오는 향기를 잘 맡아보면 찔레꽃의 향기와 자리를 가리지 않고 터를 잡고 앉아 핀 크로버 꽃의 향기 이다. 찔레꽃 향기는 장미꽃 향기와 비슷해서 고혹적인 향기로 많은 사람들이 좋아 한다. 그리고 크로버 꽃향기는 향이 그다지 향기롭다고는 할 수 없다. 하지만 크로버 꽃의 무리가 워낙에 많아서 무리의 무더기에서 내는 향은 다른 꽃들의 향기와 섞여 푸른5월의 밤 향기로 우리에게 다가 와서 안정감을 주기도 한다.

찔레나무는 낙엽성 관목으로 장미과에 속한다고 한다. 찔레꽃은 선충에 강하다고 한다. 하여 야생에서도 번식도 잘 된다. 찔레나무는 덩굴을 잘 만든다. 찔레나무 새순은 먹기도 했다. 뿌리에서 직접 올라온 순은 땅찔레라고 하여 그 순이 통통해서 꺾어서 껍질을 벗기고 먹으면 식감도 좋고 향도 좋다. 간식이 없던 시절에는 찔레나무 순도 간식 거리였다. 흔하디흔한 크로버는 꽃 또한 많이 핀다. 워낙 번식력이 좋아서 농사짓는 밭에서는 애물단지로 농부들에게는 귀찮은 존재이다. 그래도 아랑곳 하지 않고 번식하여 가을이 올 때까지 꽃을 피우고 씨앗을 바람결에 날려 새로운 정착지를 만든다.

크로버는 우리가 늘 찾는 행복이라고 하는 꽃말을 가지고 있다. 흔한 것이 행복인데 우리는 그 것을 귀히 여기지 않는다. 그저 얻기 어려운 네 잎의 크로버를 찾는 것에 힘을 기울인다. 흔한 행복은 우리가 귀히 여기지 않고 찾고 얻기 어려운 행운을 쫓는 인간의 속성을 붙여서 이야기도 한다. 우리가 얼마나 어리석은가를 이야기 하자면 가까이 누리고 있는 그것이 행복이라는 것을 알기보다는 찾기 어렵고 얻기 어려운 행운만을 찾아야 한다는 희망을 품고 사는 것 같다.

우리 주변을 잠깐의 여유를 가지고 돌아보면 많은 것들이 자연이 귀한 선물을 주고 있다. 계절이 주는 행복감은 지금만 보고 느낄 수 있다. 아주 짧은 시간에 행복이라는 감사함을 하나씩 가슴에 담는 가장 아름다운 계절에서 얻을 수 있고 내 안에 담을 수 있다.

증인(證人)

국어사전을 찾아보면 증인의 뜻은 소송 당사자는 아니지만, 법원이나 법관의 신문에 대하여 자기가 듣고 본 사실을 진술 하는 사람을 말한다. 요즈음 개봉한 '증인'이라는 영화가 있다. 자폐아 여학생이 증인이 되어 진실을 밝히는 내용의 이야기다.

소통의 방법이 무엇인가에 대해 영화를 만든 사람은 말하고 싶어 했던 것 같다. 영화 속의 등장인물이나 사건으로 이어지는 스토리는 주변에 있는 아주 평범한 이야기가 소재이다. 그러나 특별하게 자폐아를 등장 시켜 소통이란 무엇인가와 방법을 제시한다. 그리고 진실 앞에서 용기와 두려움을 극복하고자 하는 노력을 보여준다. 주인공이 진실에 대해 말하기를 기대하며 2시간 동안 기다렸다. 일상적인 이야기를 소소하게 우리들에게 다가오게 하였다.

우리의 일상 속엔 진실이 있으며 그것으로 인해 우리가 살아볼만한 가치가 있다고 여겨지게 이야기 속에는 서로에 대한 믿음 그리고 소통에 방법이 일방적인가? 일반적인가를 눈여겨보고 우리가 소통을 잘 하고 있는가를 한 번쯤 돌이켜 보게 한다. 같은 자리에서 같은 단어로 회의도 하고 이야기도 하여 소통이라는 것을 했지만 각자의 생각과 이익에 집중되어 있어 자리를 떠나 실행 단계에서는 가끔은 진실을 외면한 일들이 일어나 실행된 후 일을 그르치는 일도 가끔은 발생한다. 그렇게 하는 것이 마치 진실인 것처럼 우리가 익숙해져 있기 때문 일지도 모른다. 우리는 모든 일상생활에서 정해진 것에 너무나 익숙해져 있기 때문 일 수도 있다.

요즘 뉴스를 보면 우리가 이런 뉴스를 보고 있어야 하나 하는 생각이 들 정도로 참으로 실망에 실망을 거듭한다. 뿐만 아니라 자라나는 후대에게도 부끄럽기 짝이 없다. 국민을 위한 진심은 하나도 없다. 정치인들의 행동이 뉴스에 제일 많이 등장한다. 연예인보다 더 뉴스거리를 만들어 나온다. 국민을 안심시키고 행복하게 만들어야 할 자리에 있는 사람들이 마구 잡이로 막말과 왜곡된 말들을 많이 한다. 막말은 진실을 실종시킬뿐더러 책임도 실종시키는 최악의 상태로 국민들을 불안하게 한다. 왜곡하여 말하는 것은 우리 모두가 어떤 국민이기를 바라고 국민의 혈세를 축내고 그 자리에 있는지를 묻고 싶다.

이제 봄기운이 도는 2월 하순이다. 미세먼지로 연일 나쁨과 좋음이라는 일기예보 속에서도 우리 국민들은 변함없이 꾸준하게 진실을 실행하기 위해 부지런히 움직이며 살고 있다. 이제 며칠 지나면 정말 봄이다. 많은 꽃들이 그 화사함을 선사하려고 준비 중에 있다. 우리는 자연이 준비하여준 선물을 받을 준비를 해야 한다. 자연은 항상 진실만을 이야기한다.

증인에 나오는 자폐아는 우리의 자연이다. 우리의 일상은 늘 자연을 닮으려는 노력을 어렵지만 많이 해야 한다. 소통의 방법에 대해 연구하고 고민하는 우리 스스로가 말을 아끼는 검소함으로 상대의 진실을 알아주는 마음을 가져보려고 노력하려는 애씀이 필요하다고 여겨진다.

봄날은 간다

뻐꾸기가 노래하기 시작했다. 아까시꽃이 떨어질 무렵이 되면 뻐꾸기가 봄날은 가고 있다고 열심히 노래를 한다. 봄이 시작되었다고 그리고 미세먼지가 날린다고 방송을 통해서 들은 것 같은데 올해의 봄날은 어느새 간다고 여름에게 바톤을 넘겨주고 있다.

5월은 가장 아름답게 빛나는 계절이기에 계절의 여왕이라는 애칭도 가지고 있다. 봄은 땅 위에 있는 모든 식물들에게 마음껏 초록으로 물들여 놓고 열매 맺을 채비를 햇살에게 맡기고 떠나고 있다.

도시에서는 더우면 에어콘을 가동하면 되고 추우면 난방을 하면 된다. 계절이 바뀐다고 새삼스럽게 떠들 필요가 없다. 계절이 주는 여러 가지 의미에 대해서 사람들은 바쁜 일상을 탓하며 챙겨 볼 겨를이 없다.

하지만 계절이 우리에게 주는 것은 수없이 많다. 그중에 우리에게는 없어서는 안 될 먹거리가 있다. 이 봄날에 재배 하여 그 소출에 따라 소시민들의 살림살이 경제에도 크게 또는 작게 영향을 끼칠 수 있다. 작은 농작물에서 우리의 주식인 쌀농사에 이르기까지 짧은 시간 속에서 이루어지는 일들이다. 살구가 아주 예쁘게 잘 익을 때, 60년대에는 요즘이 바로 보릿고개이다.

대형마트에 가면 지구상에서 먹을 수 있는 먹거리는 웬만하면 다 구할 수 있다. 하여 각 나라 농산물을 손쉽게 구입 할 수 있다. 방송이나 홈쇼핑에서는 건강에 좋다하면서 온갖 것을 다 선전하여 판매 한다. 건강에 민감한 우리들은 좋다고 하니 무조건 구입한다. 누군가가 먹어보고 결과가 나온 다음에 구입하여도 늦지 않을 터인데 건강에 좋다고 하면 생각할 겨를이 없다. 조금 기다려 많은 정보가 나온 다음에 구매에 대한 생각을 해보는 것이 괜찮다.

제철음식을 먹는 것이 몸에 좋다고 한다. 요즘은 봄나물을 많이 먹으면 된다. 지금은 산나물이 일부는 재배되어 나오기도 하지만 대부분 산이나 들에서 채취해서 시장에 나온다. 우리의 선조는 육식 보다는 채식을 많이 했다. 나라가 부강해지니 실상 우리 건강에 좋은 봄날에 나오는 나물들은 잘 모른다. 나물들 보다는 소고기 어떤 부위가 맛나고 돼지고기의 부위 그리고 닭의 앞 가슴살이 살 안찌고 건강에 좋다는 이야기만 한다. 봄철 나물들에서도 고기에서 가지고 있는 영양분 보다 더 좋은 양질의 영양분을 가지고도 있다.

이제 올해의 봄날은 가고 있지만 봄날에 심어졌던 여러 농작물들이 뜨거운 여름에 결실 맺을 채비를 잘 하여 가을에 풍성하게 거둘 수 있기를 바라고 기대해야 한다. 봄날이 주는 것은 심고 가꾸는 농작물뿐만 아니다. 우리가 살아가는데 이 봄날을 통하여 새로운 계획과 새로운 것을 얻고자 하며 몸과 마음 그리고 정신으로도 봄과 같이 새롭게 시작 했다.

6월이 되면 초순에 망종이 들어 있다. 일 년 중 논 보리나 벼 능의 곡식의 씨를 뿌리기에 가장 알맞은 때라고 정해 놓은 시기이다. 땅에 심은 모든 곡식들이 풍성하게 잘 자라서 풍요로운 결실을 가져오도록 여름 내내 힘과 정성을 모야 한다. 풍년이 들면 우리의 모든 것이 풍성해져 모두가 행복해지기 때문이다.

아무르 강의 낙조

　러시아 하바로프스크 저녁 8시였는데 우리나라보다 더 환했다. 그리고 기온은 5월에 해당되는 것 같았다. 아무르 강 서편에는 해가 강 위에 걸쳐 있었다. 여행객들에게는 아직 저녁시간 때에는 외출이 보장되지는 않았다. 도착해서 짐을 풀고 아무르 강변으로 가볍게 산책을 하려고 나갔는데 우연히 유람선이 있어 비싸지 않은 가격으로 1시간가량 유람선을 타게 되었다. 승선하여 내부를 살펴보니 1층에는 약간의 주류와 안주를 팔고 음악 소리는 흥이 나도록 무척 빠른 템포의 신나는 음악이 계속 이어져 나오고 있었다. 시끄러움을 피해 2층에 자리하고 앉아 창 밖에 펼쳐지는 넓고 넓은 강을 바라보니 정말 강 같지 않고 바다 같았다. 유속은 유람선이 떠나가기에 알맞도록 잔잔했다.

　아무르 강 유람선에서 강의 반대쪽을 바라보니 푸른 섬이 보였다. 그곳을 넘어 가면 중국 땅이라고 했다. 강물은 색이 맑지는 않았다. 어쩌다

낚시를 하는 사람이 보이기는 했다. 강 주변은 수려하지는 않았지만 우리나라와 비교하여 볼 때 한적한 자연 그 자체였다. 강 주변 따라 한적한 산책로가 길게길게 뻗어 있었다. 아무르 강 따라 배를 타고 계속가면 모스크바까지 갈 수 있다고 했다. 우리가 탄 1시간짜리 유람선은 철길 밑에서 돌아오는 코스였다. 그 철길은 시베리아 횡단열차가 다니는 길고 긴 다리였다.

강물이 맑지 않아 낙조는 그저 크고 넓은 강 위에서 구름만 붉게 물들이고 구름 뒤로, 아니면 강바닥으로 숨어 버렸다. 해가 숨은 뒤에도 한참은 훤했다. 철도 다리위에 불이 켜지고 그 빛이 강에 반사되는 모습은 참 인상적이었다. 날은 아직 밝은데 강에 반사되어 비치는 불빛은 낙조를 기대 했다가 못 본 것을 대신 할 정도로 아름다웠다. 다리가 워낙 길어서 반사되는 불빛이 더 아름다워 보일 수도 있었다. 순식간에 배는 돌려서 왔던 길을 돌아오고 있었다.

아무르 강 유역은 옛날 우리의 땅이었다. 고구려가 멸망한 후 고구려 유민은 여러 갈래로 분산 되었다. 이때에 고구려 유민과 고구려 지배 아래 있던 말갈인으로 발해라는 나라가 세워졌다. 고구려 유민중심으로 발해가 세워져서 발해왕은 스스로 고려왕이라고 했다. 이처럼 이 넓고 넓은 땅이 우리의 조상의 숨결이 있었던 곳이라고 생각하니 참 우리의 조상들은 정말 대단하다는 생각이 든다. 요즘처럼 무기가 발달되지 않았던 시대에 그 멀리까지 땅을 넓혔을까? 그 힘이 우리의 어디엔가 살아 있을 것만 같다.

　요즘 북한 핵무기에 관하여 한반도를 날이면 날마다 뉴스로 달구고 있는 이때에 우리는 많은 것을 깊게 생각해 봐야 한다. 당나라는 발해가 발전하자 흑수말갈과 연합하여 발해를 괴롭히고 압박했었다. 요즘은 인터넷 발달로 지구의 한 모퉁이에서도 세계를 한 눈에 볼 수 있다고는 하나 그것만으로는 부족하고 우리의 DNA를 생각해보자는 생각도 든다.
　아무르 강 주변의 시가지에서는 동서양이 닮은 듯 안 닮은 듯하였다. 구소련이 붕괴 되고 러시아로 지금은 불러지는 옛 발해 땅은 우리의 영토여서일까 여러모로 익숙했다.

녹슨 철장에 갇혀 있는 탑

올해는 우리나라 광복 73년이 되는 해이다. 해방둥이들의 연세가 73세가 되셨다. 그 세월이 흘러 세계에서 경제적으로 11위 정도가 되는 부강한 나라가 되었다. 주변을 살펴봐도 집집마다 승용차 1대씩은 다 있고, 글자를 읽거나 못 읽는 어린이들도 가질 수 있는 핸드폰이 집집마다 식구 수마다 가지고 있다. 그것뿐만 아니다. 먹고 입고 사용하는 모든 것이 지구상에서 생산되거나 만들어지는 것은 다 가져 볼 수 있고 사용 할 수 있다. 이렇게 발전에 발전을 거듭하여 광복 73주년인 2018년 눈부시게 발전한 나라에 우리는 현재 살고 있다.

천안에는 독립기념관이 있다. 이곳에는 웅장하고 장엄한 탑이 기념관 입구에 세워져있다. 탑을 지나서 기념관 방 하나하나에는 우리 조상들이 이 땅의 독립을 위하여 얼마나 많은 희생을 하였는지를 우리에게 알려 주려는 당시의 사람들 모형과 사용했던 여러 물건들이 잘 전시되어 있다.

또한 전쟁을 치른 나라이니 전쟁에 참여하여 귀한 목숨을 바친 우방국들의 젊은 용사들의 귀한 뜻과 넋을 기리는 기념비는 그들이 원하는 전적지에 크거나 작게 건립되어 관리가 되고 있다. 그리고 왕조시대의 여러 기념비들도 귀하게 보호되어 관리 되고 있다. 아무튼 잊혀 지지 않고 그 뜻을 기리고 받들고 기념하기 위해 어딜 가도 탑은 건립되어 있다. 그래서 우리들은 늘 경건한 마음으로 탑을 대한다.

블라디보스톡엔 신한촌 기념비가 있다. 기념비는 나지막한 언덕 한편에 건립되어 있었다. 기념비를 보기위해 오르는 길은 허술하기 그지 없었다. 주변에는 아파트가 많이 지어지고 있었다. 이 기념비는 스탈린이 1937년에 우리민족(고려인)을 중앙아시아로 강제 이주시키고 1991년에 구소련이 해체되고 다시 블라디보스톡으로 돌아온 한인들 우리민족이(고려인)들이 살았던 땅 그리고 독립을 위해 많은 일들이 있었던 곳을 잊지 않기 위해 1999년 8월 15일 독립선언 80주년 기념을 하여 건립했다고 한다.

아파트 단지아래 세 개의 기둥으로 세워진 탑은 녹슨 철창이 탑을 가두고 있었다. 어렵게 세워진 탑은 누군가에 의해 계속 심하게 훼손되어 철창을 만들어 관리를 한다고 했다. 탑엔 글이 새겨져 있었지만 글 내용이 지워져서 알아보기가 쉽지 않았다. 세 개의 기둥주변에는 이름 모를 잡초 꽃들이 고운색깔로 피어 있었다. 기둥 셋을 세운 탑의 뜻은 남한 그리고 북한 또 하나는 고려인을 상징한다고 한다. 그리고 볼 수는 없었지만 뒤쪽의 작은 조각모양들은 흩어진 동포들을 상징하여 만들었다고 한다.

　태극기를 가슴 쪽에 붙여 들고 사진을 찍는데 가슴이 뭉클하고 말로서 표현 할 수 없는 너무나 죄송스러운 마음에 함께 한 일행들도 자리를 뜨지 못하고 서성였다. 그동안은 고려인들이 관리하다가 지금은 우리나라 영사관에서 관리한다고 했다. 나라에서 관리하면 조금 더 신경을 써서 관리를 하면 좋겠다. 73년 전 여러 나라 흩어져 독립운동 또는 나라를 위해 아니면 나라가 없어져서 그 곳에서 어쩔 수 없이 살아야 했던 삶의 현장도 이제는 경제 11위의 나라답게 관심을 가지고 챙겨서 관리를 해야 할 것이다.

섬과 극동연방대학교

우리나라에도 제주도와 울릉도 그리고 더 멀리는 백령도를 비롯해서 서해와 남해를 통 털어 파악된 섬이 7,107개에 이른다고 한다. 그러고 보면 우리나라도 섬이 정말 많다. 필리핀이 섬이 많은 나라라고 알고 있지만 우리나라도 적지 않은 수의 섬을 가지고 있다. 사람이 살거나 살지 않거나 7천여 개의 섬이 있다는 것은 그 섬들을 육지로 붙여서 계산 해본다면 우리나라 땅이 엄청 크게 늘어 날 것이라 여겨진다. 육지보다 더 아름다운 모습을 간직하고 있는 섬들은 더 할 수 없는 우리의 보고인 것이다.

섬만이 가지고 있는 특별한 조건들이 있다. 그리스의 어느 섬은 세계에서 장수하는 사람들이 가장 많이 살고 있어 인간 수명을 연구 하는 학자들이 그 섬을 찾아 그 원리를 찾는다고 한다. 그 섬 특징은 그 섬에 살고 있는 사람들의 방식은 현대 문명의 힘을 많이 빌려 살고 있지 않다고 한다. 우리와 비슷한 문화를 가지고 있다. 우선 생활 습관 중에 식재료로 채소를 많이 섭취하고 적게 먹고 노동과 휴식을 동등하게 지속적으로 하면서 살고 있는 것이 학자들에 의해 밝혀지고 있다.

그래서 그 섬과 비슷하게 현대인들에 알맞은 하루의 일과 휴식의 시간을 만들어서 그것을 원하는 사람들에게는 그 프로그램을 적용하여 일상생활 하는 곳도 만들어져서 판매한다고 한다.

블라디보스톡엔 루스끼라는 우리의 강화도1/3만큼 되는 넓이의 섬이 있다. 러시아 극동지방의 대학을 그 곳에 모두 모아서 극동연방대학교라고 하는 연방대학교의 섬이다. 국립대를 모두 한 곳에 모은 것이다. 2012년에 APEC 정상회담을 하고 그 시설물을 이용하여 대학을 이전 시킨 것이다. 물론 그 이전에는 군사시설이 있다하여 보통 사람들은 갈 수 없는 곳이었지만 러시아의 경제적 논리 앞에 대학을 모아 놓은 섬이 되어 관광 코스로도 이어지고 있다.

러시아는 큰 땅덩어리를 가진 나라임에도 불구하고 섬 하나를 온통 대학이라는 피 끓는 청년들이 연구하고 미래를 펼치기 위한 발판을 다지는 곳으로 만들었다. 학교마다 추구하는 목적이 다를지언정 한 곳에 있게 했다. 해서 섬에 들어갈 수 있게 하기 위해서 다리를 건설했다. 그것 또한 명물 다리로 자리매김 하고 있다. 섬 하나에 대학이 집합되어 있는 것에는 득실은 있을 것이다. 그러나 현재는 관광코스로 대학 내의 울창한 숲은 트레킹 코스로 되어 있다. 청년들의 뜨거워진 머리를 식히는 힐링의 코스다. 또한 자연이 준 그대로의 해안 포구에 넘실거리는 파도는 고뇌에 찬 청년들에게 도전의 힘을 내게 한다.

우리가 살고 있는 안산시도 재개발되어 안정적으로 인구가 유입되고 본래의 모습이 될 것이다. 그리고 나면 우리에게도 아주 특별한 섬이 있다. 안산시의 보고인 대부도이다. 이 아름다운 대부도를 경제적 논리에 따라 개발이란 단어로 몰고 가는 일은 없어야 할 것이며, 특히 정치적 논리의 개발에는 우리시민은 정말 정중하게 사양한다.

우리들의 축제

올해는 지방선거가 있었다. 하여 봄에 이런저런 행사가 모두 가을로 연기 되었다. 행사가 많아야 시민들이 어울리고 어울려 인사도 하고 우리고장의 여러 가지를 공유하고 시민으로서 자부심과 행복감을 가질 수 있다. 가을 하늘이 정말 푸르고 푸르다. 각종 단체가 저마다의 특성을 이 아름다운 가을 하늘아래 펼쳐 보이려고 수고들을 많이 한다. 혹자는 행사가 많다고 하나 사실 따지고 보면 각기 다 다르다.

예술 단체에서 발표 하는 것과고 운동을 좋아하는 단체에서 마라톤을 하는 행사와는 전혀 맥락이 다르다. 또한 단체에서 진행하는 행사는 그 성격에서 다르다. 전문가 단체에서 한 해의 작품들을 갈고 닦아서 시민들과 함께 하는 것은 예술제이다. 그리고 축제는 그야말로 축제이다. 어떤 성격으로든 그 구성원이 되어서 어떤 방법과 모습으로 많은 사람들이 함께 즐기고 행복해 하는 것이 축제이다.

우리 안산시에는 5월이면 예술의 전당에서 진행하는 거리극 축제가 있다. 세계적인 예술가들이 초청되어 각 분야에서 뛰어난 활동을 우리에게 보여준다. 하여 전국 각지에서 많은 사람들이 모여들어 성황을 이룬다. 그 반면 예술제는 어떤 분야이고 관심이 있는 시민들만 참여하게 된다. 그 행사장이 때로는 썰렁할 때도 있다. 요즘은 대중 예술이 각광을 받고 있는 때라 대중예술적인 행사에는 많은 사람들이 관심을 가지고 모여 든다.

　대중예술도 우리가 눈여겨봐야 한다. 세계적인 그룹 방탄소년단 대단하지 않은가? 영화와 드라마는 또 어떤가? 방탄소년단이 벌어들이는 외화와 드라마로 벌어들이는 외화는 엄청나다고 한다. 다른 산업으로 외화 벌이가 어려운 이 때에 대중예술 산업으로 외화를 벌어들인다고 하니 얼마나 대단하고 고마운가! 우리 안산에도 영화제가 있다. 10월 하순경에는 해년마다 영화제가 막을 올린다.

　우리의 소득수준이 높아짐에 따라 개인 취미 활동의 일환으로 악기를 열심히 배워서 그 동아리가 갈고 닦은 솜씨를 뽐낼 요량으로 연주회를 갖기도 한다. 정말 좋은 행사다. 전문가들이 아닌 취미로 시작한 것을 사람들을 공연장에 모시고 연주를 한다는 게 얼마나 많은 노력이 있었는지를 생각하게 한다. 그것은 많은 사람들에게 공감하여 위로를 받은 수 있다. 그뿐만 아니다 요즘은 음식 경연대회도 있다. 지구상에 있는 모든 먹거리를 동원하여 건강하게 오래 살려면 어떤 음식을 먹어야 하는지와

음식문화 개선을 알려준다. 정말 유익한 행사이다. 그리고 우리지역의 특산품과 우리고장만이 가질 수 있는 음식을 소개 하는 것도 정말 좋다.

다양한 축제와 예술제가 이 가을에 우리 동네 동서남북 어디서든 시민들과 함께 하려는 취지로 열린다. 초청을 안 받아도 살고 있는 곳에서 열리는 예술제나 축제에 참여만 하면 위로 받고 행복하다. 가을은 나들이를 가기도 하지만 멀리가지 않아도 우리 주변에 가볼 곳이 많다. 부곡동의 공원과 호수공원과 노적봉 광덕산 등만 걸어도 가을을 만끽 할 수 있다. 10월 한 달 동안 우리 동네에서 열리는 각종 행사에 관심을 가지고 참여 하여 삶의 여유를 가지는 가을이 되었으면 한다.

양성평등

매년 7월이 시작되는 첫 주가 양성평등 주간이다. 우리의 삶속에 그러니까 양성, 남성 여성이 평등한 가운데 작게는 가족생활이든 크게는 사회생활이던 성 차별 없이 동등한 입장에서 함께 하자는 이야기이다.

시대가 많이 변화 되면서 많은 것이 평등이란 앞에서 각자의 갈 길에 대해 방향을 잡고 있다. 그 중에서 남성과 여성의 역할에 있어서 아직도 여성의 역할이 가족 안에서는 더 많다는 분석과 설문 조사 등을 통해서 우리는 알고 있다. 습관적이다시피 했던 일들이 짧은 시간 안에 바뀌거나 변화 되는 일이 쉽지는 않다.

양성평등은 우선 가족 안에서 점차적으로 형성이 되어야 한다. 남편과 아내사이가 민주적이고 평등한 관계가 되어야 하는데 그것은 보고 배운 대로 습관화 되어서 평등함을 실천하려는 부부들과 그것을 지켜보는 사람들도 왠지 자연스럽지가 못하고 어딘지 모르게 서툴게 느껴진다. 사위가 아침밥을 못 먹고 나가는 것은 아주 잘 하는 자연스러운 일인데 비해 아들이 아침밥을 못 먹고 출근하게 되면 그것은 엄청 잘못되었다는 부모들의 생각이다. 우리의 생각이 아직도 전통적인 성별 역할 분담에 대한 형태가 일상생활에서 못 벗어나고 있다고 여겨지는 부분의 아주 작은 예로 볼 수 있다.

우리들이 알고 있는 부부는 남성 아버지는 밖에서 일하고 경제적 책임을 온전하게 다 지고 여성 어머니는 가정을 꾸리고 아이들을 양육 한다는 고정관념화 되어있다. 그러나 시대의 흐름에 따라 우리의 가족문화가 변화해야한다. 아버지는 이런 고정관념으로 인해 늘 가족으로부터 소외 된다는 문제도 있다. 과도한 생계부양자 역할로 장시간 근로 등으로 인해 가족과의 관계가 소원해지고 취약해졌기 때문이다.

아버지 그리고 남성의 가족역할을 확대해야 할 때가 왔다. 그래서 남성이 가족 안에서 역할을 회복해야 한다. 이제는 남성과 여성이 분담해야 하는 일과 생활의 균형을 가져야 한다. 요즘은 가정생활은 예전처럼 어렵지가 않다. 많은 문명제품이 사람을 대신하고 있어서 어쩌면 남성들이 더 잘 할 수 있다고 여겨진다.

요즘 사회가 요구하는 그리고 우리가 살아가야 하는 시대는 맞벌이를 해야 하는 시대이다. 하여 가족의 역할이 평등해야 한다. 자녀양육이나 노인 돌봄 등을 부부가 평등하게 함께 해야 한다. 그러나 아직도 우리

가족이나 사회에서는 여성이 직업이 있으면서도 가족 안의 일과 직장의 일을 모두다 감당 해주길 바라고 아직도 그렇게 많이들 하고 있다. 얼마 전만 해도 대부분의 여성들은 일을 마치고 회식자리에 어울리지 못했다. 식구들의 저녁을 챙기러 귀가해야 했다. 특히 남편이 일찍 귀가 하는 날은 더욱 그랬다.

양성평등 주간을 해년마다 갖게 되면서 많은 홍보로 TV이나 여러 매체를 통행 자녀양육과 주방에서의 역할이 평등해지려는 모습을 보여주고 실제 그렇게 생활의 모습이 변화되는 것을 보여주고 있다. 이렇게 작게라도 변화되어 사회구조가 서로의 깨우침과 행함으로 조화와 병행 양립이 정착되어 양성평등의 문화가 뿌리를 내릴 것이라 여겨진다.

가족의 역할이 변화하지 않으면 우리사회는 어려움이 많이 따를 것이다. 하여 시대의 흐름을 잘 파악 하여 전통을 보존하는 것도 중요 하지만 개선의 여지가 있는 것은 빠르게 개선하고 변화하는 것을 받아들이고 함께 가는 것이 중요하다. 양성평등은 여성들만이 외쳐서 되는 것은 아니다. 남성들이 적극적으로 동참해야 양성평등이 빠르게 정착된다. 하여 2020년에는 양성평등이 우리사회 여러 면에서 깊게 뿌리를 내리기를 기대한다.

봄철 문화 행사

며칠사이에 봄의 끝자락에 와있구나 할 정도로 무르익은 봄 안에 우리는 있다. 비가 적은 탓에 새싹을 틔우는데 조금은 긴 시간이 걸렸을 것이다. 왜냐하면 일찍 시작된 봄은 아직도 잎을 다 내지 못하고 있는 나무들이 보이기 때문이다. 혹시 나무들도 겨울 감기로 아직도 기력이 회복되지 못해서일 수도 있다.

감기를 앓은 이유는 수없이 많다. 그중 차량에서 내뿜는 매연으로 인해서 심하게 아플 수 있다. 그리고 미세먼지가 나무들의 숨구멍을 막고 있을 수 있기 때문이다. 비가 때맞추어 내려준다면 조금은 도움이 될 것 같은데 비는 우리가 바라는 것을 모르는 척 하고 있는 것 만 같다. 아무튼 도시가 이제는 푸른색으로 꽉 차게 갈아입고 활기 있는 모습으로 우리 모두를 움직이게 하고 있다.

야외 활동하기 좋은 때라서 많은 야외 행사들이 준비되고 있다. 준비된 야외 행사는 우리가 살아가는데 어떤 모습이로든 도움을 주기 위한 것과 우리가 알아야 할 것과 함께 해 내야 하는 것 등을 포함하고 있다. 그 것이 문화 행사이든 아니든 우리시민 모두가 함께하고 공감하여 그 것으로부터 얻어지는 결과로 많은 시민들이 행복한 도시에 살고 있음을 자부심을 갖도록 하는데 중점을 두고 준비하여 실행해야 한다.

대만의 풍등 날리기를 예로 들어 보자. 풍등을 날리는 곳은 차편도 쉽지는 않다. 그리고 날씨도 좋은 편은 아니다. 하지만 전 세계 관광객들이 그 곳에 가서 꼭 날려 보기를 원하고 그곳까지 가서 이런저런 이유를 다 접어두고 각자 마음속에 있는 그 무엇인가를 풍등에 써서 불을 붙여 날려 보낸다. 다른 나라의 문화이지만 전 세계인들 모두가 사랑하는 문화로 자리를 잡았다. 소원을 써서 태우는 문화는 우리나라에도 있고 다른 나라에도 많다. 하지만 대만의 풍등에 썼던 소원이 이루어진다고 믿는다. 하여 가는 시간이 걸리고 여러모로 불편해도 전 세계 관광객들이 찾고 있다.

매년 하는 행사라 전년도와 비슷하거나 조금 더 업그레이드해서 행사를 하기 보다는 이즈음에 우리 것을 찾아서 우리만의 특색을 살려서 해가 거듭될 수 있도록 하여 시민들이 자부심을 갖고 그 행사를 찾게 하고 참여하게 해야 한다. 도시의 발전을 위해서 공무원과 시의원들이 여러 나라를 벤치마킹을 한다. 우리도시가 처음 탄생될 때 호주의 어느 도시를 모델로 탄생 되었다. 지금까지 그 도시처럼 잘 되고 있는지 그 도시보다 더 발전된 모습으로 되어가고 있는지를 점검할 필요한 시기되었다.

우리도시는 많은 나라의 사람들이 함께 살고 있다. 많은 나라의 사람들은 동, 서양 사람들의 문화를 공유 할 수 있는 좋은 기회이기도 하다. 여행을 하다보면 사람모양은 다르지만 살아가는 지혜는 비슷하다. 살아가는 주변이 상황이 어떤가에 따라서 그 문화가 생기고 유지 된다. 살아가는데 같은 생각을 주변의 상황에 따라 표현이 되기 때문이라 여겨진다. 우리 모두의 생각을 한데 모을 수 있는 여러 문화행사가 자리를 잡고 뿌리내리는데 우리 모두가 노력해야 한다.

입춘대길(立春大吉) 그리고 대보름

입춘은 24절기 중 첫 번째 절기이다. 보통 양력 2월 4일경에 해당 되는데 올해는 이번 주 4일에 입춘 절기가 들어 있다. 음력으로는 주로 정월에 드는데 어떤 해는 섣달과 정월에 거듭 드는 때가 있다. 이럴 경우를 재봉춘(再逢春)이라고 한다.

입춘대길과(立春大吉)건양다경(建陽多慶)이라는 문구처럼 우리에게 봄이 시작되고 따뜻한 기운이 시작되니 경사스러운 일이 많이 생긴다는 뜻이다. 또한 올 입춘을 기점 삼아서 우리나라와 세계 각국에서 겪고 있는 바이러스라는 흉흉한 이야기는 눈 녹듯이 사라지고 좋은 일이 많은 한해가 시작되기를 다시 한 번 빌어 본다.

이번 주 토요일이 대보름이다. 얼마 전까지만 해도 우리의 세시풍속에서는 비중이 크고 뜻이 깊은 날이다. 우리의 생활이 넉넉하지 않았을 때 보름은 정말 귀하게 여겼다. 우선 찹쌀로 오곡밥을 지어서 나누고 여러 가지 나물을 만들고 김을 꼭 기름 발라 구워서 하루에 7번을 먹는다는 등 하였다. 지방마다 조금씩 다르기는 하다.

이렇게 찰밥을 먹게 된 동기는 삼국유사 사금갑(射琴匣)조에 따르면 소지왕이 위기에 처했을 때 까마귀 덕분에 그 위기에서 벗어났고 이 때문에 정월 15일을 오기일(烏忌日)이라 하여 찰밥으로 제사를 지냈다고 한다. 이렇게 유래되어 대보름날 찰밥 먹는 세시풍속으로 자리 잡았다고 한다.

대보름날 초저녁에 높은 곳에 올라서 달맞이를 하고 달을 맞이하고 점을 쳤다. 달빛이 붉으면 가물징조로 생각하고 희면 장마가 길 징조이고 달의 사방이 짙으면 풍년이 들고 옅으면 흉년이 들 것이라는 점을 치기도 했다. 과학이 발달하지 못했을 때의 풍년을 기다리는 농부의 마음에서 비롯되었다고 볼 수 있다.

또 달과 관련된 풍속으로 청소년들이 짚이나 솔잎 나무를 모아서 언덕위에 쌓고 달집을 만들기도 했다. 그리고 달이 뜨기를 기다렸다가 불을 지르고 한호성을 지르기도 했었다. 물기 없는 큰 논에서는 동네 큰 형들이 깡통 둘레에 작은 구멍을 내어 그 안에 나무토막을 넣어 불을 붙이고 동생들에게 주어 휘휘 돌리게 하는 쥐불놀이도 한동안은 유행 했었다.

대보름날 아침이 되면 더위팔기를 했었다. 이날 아침에 사람을 먼저 보면 급히 이름을 부르고 대답하면 "내 더위사가라"하고 했다. 이렇게 하면 여름이 되면 더위를 먹지 않는다고 여겼다. 대보름에 이런 의례가 있는가 하면 놀이로는 줄다리기 있었다. 고싸움놀이는 줄다리기의 줄 머리 부분의 둥근 고를 맞대어 상대방을 누르면 이기는 편싸움 놀이다. 지방마다 다른 놀이가 많았다. 놋다리밟기는 부인들의 놀이와 사자춤놀 이 북청사자춤놀이 같은 지방의 특성 있는 대보름 놀이가 많았다.

2월이면 겨울이 끝나고 봄이 시작되어 농가에서는 농사를 시작 하고 우리의 모든 일상이 봄을 맞을 채비를 하는 달이기도 하다. 요즘 신종 코 로나바이러스19 감염여파로 사람이 많이 모이는 것을 피하고 있어서 세 시풍속이 남아 있는 농촌에서도 조금은 주의를 해야 할 것 같다. 우리의 세시풍속은 이처럼 정이 넘치고 아름답다.

우리의 과거 그 시절엔 꼭 해야 하는 문화로 오래도록 이어져서 지금 까지 이어져 오거나 다른 문화로 대체 되었어도 예전의 풍습을 기억하 는 것은 후손들인 우리가 해야 할 일이 아닐까 싶다. 과거 없는 오늘은 없다. 요즘의 정치 사회 경제 문화에 개혁의 바람이 불고 있다.

오늘이 있기 까지는 과거가 있었기 때문이라는 것을 부정 하는 일은 절대로 있어서는 안 될 것이다. 이제 4차 산업시대에는 지금의 시대에 맞게 정치 사회 경제 문화를 부흥 발전시키려고 노력하면 우리 모두가 편안한가운데 각자의 행복을 충분하게 누리며 즐거워 할 것이다.

축 복(祝福)

동지가 지난 지 보름 남짓 되었다. 그사이 저녁 해가 한 뼘은 길어진 것 같다. 지난 일요일이 소한이었다. 추위가 없었던 소한이었다. 대한추위가 소한추위 보다 덜 추워서 대한이 소한한테 놀러 왔다 울고 간다는 말도 있듯이 소한추위가 맹공을 떨쳐야 하는 이때에 많이 춥지 않아서 대한 추위 때는 추울까 하는 일기예보도 있었다. 농사 절기를 알기위하여 조상들이 만들어 놓은 절기에 대해 세세하게 따져 보지 않았지만 더위와 추위는 우리나라 일기와 많이 비슷하다. 온난화가 기후에 많은 영향을 미쳐 지구가 몸살을 앓아도 절기는 참으로 잘 맞는다.

양력으로 우리는 모든 일상을 하고 있다. 하여 해가 바뀐지 일주일 되었다. 그사이 연말이라서 한해에 감사 했던 마음들을 이리저리 모여서 인사들 하였다. 연이어 이제 새해가 되어서 한해의 결속을 다지고 복을 빌어주는 신년하례회를 보통 1월 한 달은 한다. 신년하례회는 새해를 맞이하여 서로 축하하고 복을 빌어 주는 예를 차리는 것이다. 뻔한 인사치

례이지만 그래도 그 덕분으로 여러 사람들과 사심 없이 정말 한해의 복을 빌어 주는 훈훈한 정을 나눈다.

　우리시에는 해년마다 모든 분야에서 수고 하시는 분들을 초대하여 나누고 소통 하는 안산상공회의소가 있다. 이 자리에는 상공인뿐만 아니라 각계각층에 있는 사람들을 한자리에 초대하여 서로에게 축복을 빌어 주는 자리를 마련해주고 빈손으로 보내지 않고 달력과 선물 등을 마련해주고 식사 대접까지 한다. 상공인들의 그 넉넉한 마음이 모든 사람들에게 훈훈한 정으로 한해를 시작하게 한다. 상공인들도 요즘 경제사정이 많이들 어려울 터인데도 지역사회에서 그 역할을 한다.
　초대된 모든 사람들에게 함께 살아가는 지역사회에서의 역할을 다 하려고 했던 이야기와 앞으로는 더 지역사회에서의 몫을 잘 감당 하겠다는 뜻을 이야기를 한다. 그리고 당부하기도 한다. 송년회 때 각자의 모임에서 서로를 격려 하였다면 신년하례회에는 새로 시작하는 것에 희망을 갖고 모든 분야에서 작년 보다는 더 나은 비전을 갖고 더 견고하게 모든 분야에 대해 한 해 동안 잘 경영하길 서로에게 빌어 주어 축복된 한해가 되기를 진심으로 바라며 예를 차리는 일에 대해 솔선수범 한다.
　어려워도 조금씩 서로가 나누고 격려 하여 준다면 힘을 내어 더 발전된 우리 모두가 되어 올 송년회에서는 더 큰 나눔의 모습이 될 것이라 믿는다. 우리는 각자의 자리에서 모두가 서로에게 축복의 말을 건넬 수 있는 넉넉한 마음과 물질과 그 외 바라는 모든 것이 계획했던 것 이상으로 부자가 다 될 수 있기를 축복 한다.

로컬푸드 (local food)

　길사거리 신호등 밑이나 아파트 정문 앞 그리고 담벼락이 조금이라도 있는 곳을 지나치다 보면 연세 드신 어른들께서 까만 비닐봉지를 몇 개씩 올망졸망 늘어놓으시고 집에서 농사지은 것이라 하면서 파 몇 뿌리 깻잎 풋고추 노각 등 종류도 다양하게 한동안은 많이들 파셨다. 봄이면 돌나물부터 시작해서 미나리, 쑥, 냉이, 달래 등을 조금씩 파셨다. 가을이 되면 곡류 종류도 내어 놓으셨다. 이렇게 시작 되어 식탁에 오르는 채소류를 시작해서 봄, 여름, 가을에 재배를 했다거나 집 주변에서 채취하였다 하면서 지나가는 주부들을 불러 세웠다. 지금은 도시에 살고 있지만 농촌이 고향인 도시사람들이 많다. 해서 그 어르신들을 보면 고향 생각이 나기도 하여 대형마트로 가던 발걸음을 멈추고 그 어르신들의 농산물을 팔아드렸다.

　언제부터인지 길거리 어르신들이 팔고 있는 농산물이 집에서 직접 기른 농산물이 아닌 것으로 바뀌기 시작했다. 그 수가 많아지고 농산물을 가져다주는 사람들이 있었다. 큰 승합차에서 건장한 청년들이 내려놓는 농산물은 깨끗하게 손질된 것을 내려놓고 어르신들에게 무엇인가 주문하는 것이 오가는 사람들 눈에 띄게 되었다. 그것은 바로 기업형으로 어르신들을 고용하여 농산물이 판매되고 있었던 것이었다. 자신이 지은 농산물이라고 속이기는 하였지만, 입소문이 나면서부터 고향생각이 나게 했던 나름 아주 작은 로컬푸드라 여기고 팔아드리고 했다.

　재래시장 장날에 가보면 직접지은 농산물이라고는 하나, 보면 가락시장이나 농산물유통센타에서 구입하여 소량으로 손질하여 판매 하는 것이 눈에 보인다. 올여름은 참 긴 시간 덥고 가물었다. 농산물이 예년에 비해 그 수량이나 가격이 서민들의 지갑을 울릴 것이다. 또한 추석이 이제 얼마 남지 않았다. 제수용품으로 많이 쓰이는 과일 채소류 값이 상당하다. 하지만 비도 없었으며 농사를 짓기 위한 인력은 구하기 어렵고 구하면 인건비가 너무 많이 부담 된다고 한다. 하여 가격이 높다고만 생각할 것이 아닌 것 같다.

　로컬푸드에 내놓는 농산물을 그 지역 반경50Km에서 생산되는 농산물만 판매 할 수 있다고 한다. 로컬푸드는 생산자와 소비자 간의 배송거리를 줄이고 유통과정을 줄여서 농산물의 신선도를 높이고 가격도 저렴하게 하여 그야말로 싱싱한 농산물 먹거리가 식탁에 오를 수 있도록 하는 것이다.

우리시에도 로컬푸드매장이 있다. 외곽지역에 있다 보니 아는 사람만 안다. 로컬푸드매장이 더 설치되어 농업을 하는 생산자와 소비자들 간의 거리를 좁히고 규모가 작은 농가에도 착한농산물 판로가 되어 농업을 계속 할 수 있기를 기대 한다.

불밤

PART 4

킹크랩과 대게

소래포구에는 가을 김장철이 되면 새우젓갈과 다른 젓갈 등을 사러
많이 간다. 전철을 타 보면 작은 손수레에 올망졸망 작은 바구니를 많이
들 가지고 있다. 싱싱한 젓갈을 사러 가는 분들이다. 소래포구는 재래식
어시장과 근래에 새로 지은어시장 이렇게 함께 각처에서 오는 손님들을
맞는다.

수인선이 철거되기 전에는 중앙역에서 기차를 타고 소래를 가기도 했
다. 기차를 타고 가면 소래역에 내려서 시장을 가기위해 다리를 건너야
했다. 기차 안에는 농사지은 물건들을 가지고 기차를 타는 농부들도 많
았다. 파 몇 단 상추 열무 등 집에서 기른 농산물을 작고 크게 자루에 또
는 보자기에 싸서 머리에 이고 들고 하여 기차를 타고 소래 시장에 가는
분들이 계셨었다. 기차에 내려서 시장엘 들어가려면 다리를 건너야 했
는데 아슬아슬하게 다리를 건너기도 했다. 조금 돌아가면 안전하게 갈
수 있는데 버스배차 시간이 길어서 버스를 기다리기보다는 위험하지만

다리를 걸어서 건너다녔다. 다리 철수 전에 통제 푯말을 다리 난간에 걸어 놓았어도 모두들 그 다리를 건너다녔다. 다리 밑에는 시퍼런 바닷물이 가득 차있으면 무서웠다. 하지만 바닷물이 빠지면 갯벌에는 작은 어선들이 서너 척씩 얹혀있었다.

블라디보스톡의 킹크랩은 정말 대단했다. 다리(킹크랩)의 길이가 길기도 길지만 둘레 또한 굵다. 그 다리 속을 꽉 채우고 있는 살은 쫀득하고 고소한 맛이 정말 대단히 좋다. 그 찰진 게살 맛은 먹어봐야 그 맛을 알 수 있다. 언제가 TV 광고에"게살 맛을 너희가 알아" 하는 것처럼 말이다. 가격도 저렴하여 마음 놓고 먹을 수 있다.

킹크랩은 한류성 대형 게류로 북태평양에서 잡힌다고 한다. 잡은 곳에서 빠른 시간 안에 바로 먹을 수 있기 때문에 게살이 연하고 부드러워서 더 맛있다. 물론 생물도 있지만 냉동일 수도 있다. 냉동이라 해도 그 맛은 정말 좋다.

소래포구에 가면 각종 수산물이 잘 만들어진 대형수족관에 수산물 종류에 따라 가득가득 담겨져 있다. 비릿하고 짭쪼름한 냄새가 어시장 가득이 진동 하지만 생동감이 넘친다. 그로 인해 어시장엔 언제나 활기가 넘친다. 대형 수족관이 잘 차려진 쪽으로 발길을 옮기다 보면 킹크랩을 가득이 채우고 있는 대형수족관이 즐비하게 있다. 한 마리를 사면 직접

쪄주는 곳도 있다. 웬만한 크기의 한 마리는 4명이 먹으면 배부를 정도 의량이 된다. 킹크랩을 소래까지 가져 오는 시간도 있고 해서 게살 무게 가 줄어들 수도 있다. 그 무게에는 게살 맛이 함께였는데 무게로 인해 맛 의 차이가 있을 수도 있다. 어시장에서의 가격은 조금 나간다 하지만 킹 크랩을 먹으려고 생각했기 때문에 그렇게 크게 부담 되지는 않을 것이다.

경북 영덕에는 봄 3,4월이면 대게 축제가 열린다. 어시장에 가면 온통 대게가 어시장에서 넘쳐 길거리에도 가득이 메우고 있다. 대게는 그 긴 다리가 대나무와 닮아서 대게라는 말이 있다고도 한다. 대게는 다리가 대나무처럼 매끈한 반면 킹크랩은 다리에 가시가 있는 많은돌기가 나있 다. 대게는 한류성 게류로 우리나라 동해와 일본 오호츠크 캄차카 베링 해 알래스카 연안에서 잡힌다고 한다.

롱 패딩과 화장(化粧)

　올해는 길거리에서든 어디에서든지 롱 패딩 입은 청소년들을 많이 볼 수 있어 겨울 추위가 많이 추워도 상관없다는 생각이 들 정도로 보기가 좋다.

　작년 동계올림픽 때 어느 패딩 옷을 만드는 회사가 동계올림픽을 기념하여 깜짝 이벤트 행사를 하여 가격대비 가성비가 좋은 롱 패딩을 유행시키는 단초 역할을 했다. 동계올림픽이 남긴 좋은 기억 중의 하나로 있다. 그 후로 패딩을 제조하는 회사들은 앞 다투어 롱 패딩을 출시했다.

　롱 패딩의 좋은 점은 가격이 적당 하다는 것에 많은 사람들이 선호하고 그 활용도 역시 쓸모가 있다는 생각들로 집집마다 롱 패딩이 없는 집은 거의 없을 정도이다. 물론 중고생들이 있는 집은 유행에 안 따를 수도 없을뿐더러 초미니스커트를 입던 여학생들 집에서는 대대적인 환영인 것이다. 여학생들의 교복 치마길이가 짧아도 짧아도 너무 짧아 어른들이 보기에는 민망할 정도로 입고 다니니 롱 패딩의 등장은 대 환영일 수밖에 없다.

거리에 지나다니는 남, 여학생들의 모습은 근래에 보기 드물게 따뜻하게 보이고 안전해 보여서 보기가 정말 좋다. 여학생들의 보습은 롱 패딩의 끝단과 운동화 위로 보이는 한 30센티쯤 보이는 다리가 그저 귀엽고 사랑스럽게만 보인다. 유행의 물결 속에 건강을 챙길 수 있는 롱 패딩은 정말 좋은 유행의 옷이라 여겨진다.

롱 패딩속의 얼굴들을 보면 앳되지만 화장을 많이들 하고 있다. 이해할 수 없는 화장을 하고 있어 그 것 또한 예사롭게 보이지를 않는다. 대학을 가고 사회인으로서의 예의차원에서라도 화장을 할 수 있다. 그러나 자기의 개성을 부각시키기 위한 수단이면 좋겠으나 중,고 여학생 남학생 할 것 없이 모두가 똑같은 머리스타일과 색조 화장을 하고 있다. 여학생의 경우 앞머리 눈썹위로 자르고 옆, 뒷머리는 길게 기르고 있다. 남학생의 경우 눈썹들을 그리고 비비크림을 바른다. 요즘 오존층이 많이 뚫려서 피부의 노화를 막기 위한 수단으로 썬 크림 등 많이 사용한다. 그러나 보통우리가 생각 하는 것 하고는 많이 달라서 때론 놀라기도 한다.

개성을 중요시 여기는 요즘의 청소년들은 무엇을 생각했는지 똑 같은 머리스타일 그리고 입술의 피부를 보호하기 위한 것이 아닌 색깔이 있는 선홍빛 빨강색을 발라 때론 섬뜩하다는 생각이 들 정도로 색조화장에 공을 들여 하고 다닌다. 화장을 해야 하는 전문직업인이 아닌 보통 사람들은 소화하기 어려운 색상 화장법이다.

　유행을 안 따라 갈 수는 없다. 우리 모두가 그들의 부모이다. 이 시대를 살아가는 청소년들이 바라고 원하는 것이 주변과 잘 조화를 이룰 수 있어 발전적인 유행을 만들기를 바라며, 우리 어른들도 그 일에 함께 해야 한다.

모 과

　가을비속에 곱던 단풍들이 떨어져 찻길 자동차 바퀴에 조각되어 그들이 갈 곳으로 떠나고 있다. 나뭇잎에 둘러싸여 있던 까치집도 나뭇가지 사이로 하나둘 보이기 시작했다. 아직은 눈이 내리지 않아서 까치들도 춥지는 않겠지만 겨울단장을 다시 더 해야 할 것 같다.

　단풍이 한참 들기 시작 할 무렵 공원에 산책이라도 가보면 많은 나무 사이에 눈에 띠는 나무가 있다. 수피가 떨어져 나간 곳에 초록빛 도는 갈색으로 얼룩이진 나무를 볼 수 있다. 가시도 가끔은 보인다. 얕은 가지에는 손이 닿을 듯 말듯 싶은 나뭇가지에 푸른색을 가진 큰 열매를 주렁주렁 달고 있는 것을 볼 수 있다.

　가을 푹 익어가는 지금쯤 열매를 따면 노랗게 익은 열매를 딸 수 있겠지만 그 외모가 곱지는 안치만 크기에 모두 반해서 우리들의 욕심을 발동시켜 초가을에 들어서면서부터 나무에서는 어느 사이 하나둘씩 사라진다. 탐스러움과 크기에 모두 반해서 욕심을 발동케 하는 그 열매가 바로 모과이다.

모과나무는 5월쯤에 분홍빛을 가진 꽃을 피운다. 꽃도 많이 피지 않는
다. 열매를 맺을 만큼만 피는 것 같다. 모과 꽃은 열매하고는 전혀 상관
없는 것 같이 핀다. 꽃이 크지도 않은 여린 꽃잎으로 큰 잎 사이에 숨어
서 피지만 꽃이 작고 여려 별 관심이 없다가 꽃이 떨어지고 열매를 맺으
면 푸른 열매가 튼실하게 열어 나무에 달려있는 것을 어느 날 보면 그 크
기에 놀라기도 한다.

모과는 장미과에 속하는 교목으로 키 높이가 10m정도로 큰다고 한다.
모과(木瓜)는 한약재로 일컫는 말이라고 한다. 모과는 나무에 노란 참외
를 닮은 열매가 열렸다고 해서 목외가 모과로 불려 지게 되었다고 한다.
(목+외-목외-모개-모과) 모과는 그 모양이 자유 분망하게 울퉁불퉁 개
성 있게 생겼지만 향기로운 냄새와 다 익었을 때 그 빛깔은 노란 은행잎
색깔보다 보다 더 풍성한 가을의 느낌을 주기도 한다.

모과에는 칼륨, 칼슘, 철분, 비타민C 등이 들어 있어 추운 겨울에 감기
와 기관지 폐렴 등 호흡기 질환에 효능 있다고 하여 모과차 모과 청 모과
주 등으로 담아서 민간요법으로 많이 사용하기도 한다. 모과의 맛은 시
고 떫고 육질 또한 단단하여 별 맛은 없지만 그 속에 좋은 영양분을 가
득이 담고 있다. 모과는 따뜻한 성질을 가지고 있어 특히 겨울철에 적당
하게 먹으면 건강에 좋다.

그 자유 분망한 생김새와 모양하고 다르게 좋은 향이 나고 과일이긴 한데 먹을 수가 없어서 모과를 처음 대하면 세 번쯤은 놀라게 한다는 이야기도 있다. 모과는 과일가게에도 구입 할 수도 있지만 가까운 주변에서 구하기 쉽다. 모과는 많이도 필요 없다. 잘 익은 것을 몇 개구입하여 한두 개는 향으로 사용하고 나머지는 모과차를 담아서 흰 눈이 내리는 겨울에 가족들의 건강을 위하여 사용하고 손님 접대용으로도 향기가 가득한 모과차를 대접 하여 건강을 챙김도 좋을 것 같다.

모과에 대한 여러 가지 상식이 많다. 무엇이던 과하면 탈이 난다. 건강에 좋다고는 하지만 사람마다 다 다른 체질을 가지고 있다. 하여 건강을 챙기는데 사용하고 좋은 향으로 가볍게 사용 하는 것은 좋지만 장기간 복용 한다지 하는 것에 대해서는 전문가와 상의하여 사용하는 것이 좋다.

불빛

    요즘 먹방 방송이나 여행을 하며 여러 나라 문화체험 하는 것을 많이 방영 한다.

    이런 방송으로 인해 우리의 먹거리는 한층 업그레이드가 되기도 한다. 산골, 어촌을 찾아 우리들의 할머니들께서 어려웠던 시절에 식구들의 배를 골치 않게 하려고 만들어 식구들의 배를 채워 주셨던 음식들을 찾아내어 방송을 한다. 그 음식들은 지금은 민간약을 대신 할 만큼 귀하게 대접을 받으며 알려지는 음식도 있다.

    지금은 그런 내용을 듣고 아주 먼 옛날 얘기 듣는듯이 한다. 멀지 않았던 시대의 이야기다. 4-50년 전 이야기다. 산골음식은 주로 산나물로 만든 음식이 많고 어촌에서는 바다에서 나는 여러 해초류에 잘 쓰이지 않는 물고기를 넣어 만든 음식이 지금은 보양식의 대접을 받기도 하는 모습을 보여준다. 세계 여러 나라 산촌, 어촌들의 음식들도 우리의 음식들과 비슷함을 발견 할 수 있다.

사람이 살아가는 모습도 세계 여러 나라도 우리와 별반 다를 게 없다. 세계의 서민들도 살아가며 조금의 여유시간을 만들어 다른 나라의 옛것은 어떤 것이며 지금은 어떻게 발전해 왔나를 체험하고 싶어 평소 가보고 싶었던 나라를 다닌다. 외국인 관광객들이 찾는 곳이 있다. 한강의 크루즈를 타고 서울의 밤 불빛을 보는 것이다. 세계의 여러 나라들은 밤의 불빛을 이용하여 관광객을 유치두 한다. 우리는 일부리 불빛을 만들지는 않았지만 한강의 아름다운 밤 불빛을 보고 관광객들은 놀라워한다. 밤의 불빛은 묘한 매력이 있다. 한강 외곽에서 바라보는 것은 우리가 평소 대략적으로 알고는 있지만 체험 하지 않은 사람은 서울의 밤 불빛이 그토록 아름다웠는지는 생각해 보지 않았을 것이다.

등잔 밑이 어둡다고 우리가 조금 살만하여 해외로 다른 나라여행은 하면서 우리 도시가 얼마나 발전하여 아름다운지 감상하는 시간을 따로 가져본 사람들은 그리 많지 않다. 한강의 밤 크루즈를 한번 타 볼 기회가 있다면 생각도 못해본 서울의 아름다운 도시의 불빛을 볼 수 있다. 강위에서 바라보는 도시의 아름다운 불빛은 발전을 많이 했다는 것도 생각해 볼 수 있지만 강주변의 고층빌딩이 정말 많다는 것에 놀라지 않을 수 없다. 고층빌딩에서 발하는 불빛들이 서로 조화를 이루어 묘한 불빛의 매력이 가슴 한 켠에 와 닿는다. 하늘에서 쏟아지는 별빛은 볼 수 없지만, 강을 향해 비치는 불빛은 사람들이 만든 것이라는 것에 참 대단하다는 것을 알 수 있다.

선상에서 잘 차려진 음식은 같은 음식이라도 달라보이게 할 정도로 강위에서의 식사는 또 다른 맛을 내게 하는 것 같다. 물론 고급 음식점 분위기와 흡사하다. 5중주의 음악이 연주되는 가운데 조용하고 질서 있게 음식을 떠서 자기자리로 돌아가 차분하고 품위 있게 식사 하는 모습을 보게 된다. 서로에게 같은 공간의 공유하는 점이 같아서 일까? 아니면 선상의 사람들은 밤 불빛의 아름다움에 빠져서 일까? 아무튼 밤에 강물위에 배를 타고 식사하며 불빛을 보며 좋은 사람들과 함께 있어서 최상의 모습 속에 나오는 부드러움과 여유 때문에 일어나는 멋진 모습이라고 여겨진다.

먹방 방송을 보고 옛날 할머니 음식을 생각하고 외국인이 찾는 우리나라의 여러 곳을 소홀이 여기지 말고 우리도 그 곳을 찾아가보면 얼마 전의 그곳이 아니다. 정말 멋지게 변하여 보존 속에 발전이 들어 있음을 알고 볼 수 있다.

말하기

12월 중하순을 지나면서부터 많은 단체나 사람들이 나름의 송년회를 한다. 몇 해 전만 해도 송년해라는 단어 보다는 망년회를 한다고 많이들 말을 했었다. 송년해와 망년해가 갖는 단어의 뜻은 조금 다른 것 같다. 송년(送年)은 한 해를 보낸다는 사전적 뜻이 있고 망년회(忘年會)는 연말에 그해의 모든 괴로웠던 일들을 잊자는 뜻이 담겨져 있다.

우선 어감부터가 송년이 훨씬 부드럽고, 기억에 남을만한 한해를 아쉽게 보낸다는 뜻이 숨어 있는 것 같다. 하지만 망년하면 무엇인가 잊어버리자는 것 같아 지나온 12달의 삶이 균형 잡히지 않은 것 같아 기억에서 빨리 지우고 싶은 뜻 있는 것 같다는 느낌이 든다. 해서 송년이라는 단어가 요즘 많이 쓰이는 것 같다. 우리 주변의 모든 것이 미쳐 따라 갈 수 없을 정도로 컴퓨터화 되어 속력을 내어 질주하는 반면 실제의 삶은 아직도 7-80년대의 삶의 현장을 못 벗어나고 있으며 그것에 안주하고자 하는 생각을 버리지는 못 하는 것 같다.

연말연시에는 크리스마스카드나 연하장을 많이 구입해서 한 해의 감사했던 마음을 담아 보냈었다. 하지만 휴대폰이 보급되기 시작 하면서 휴대폰 속의 기능을 이용해서 메시지로 마음속에 있던 여러 내용의 글을 담아 보냈다. 그리고 문자 메시지에도 글 솜씨가 좋은 누군가가 보내오면 그 것을 공유하여 자기의 마음을 전하기도하고 이모티콘 이라는 여러 모양의 그림을 덧붙여 보내기도 하였다. 메시지로 보내던 문자가 한동안 난립이 되면서 어느 해 부터인가 그 것이 차츰 정리가 되었다. 그후 카카오 톡이 더 발전되어 단체톡방이라는 것이 널리 보급 되면서 그룹별로 또는 개인들도 한해 감사의 인사를 하기도 하고 지금까지도 한다.

　아무튼 한 해를 보내며 삶의 주변에 있던 사람들에게 깊이 있는 고마운 마음을 전하고 싶어 하는 정서가 휴대폰속의 기능을 이용하여 손쉽게 전 할 수 있어 모두들 선호 하고 지금까지도 이용하고 있다. 휴대폰 기능의 발전 덕을 요즘 더 잘 보고 있다. 기능의 발전으로 너무 좋은 글과 그림을 선택하여 마음을 전달 할 수 있으니 얼마나 좋은 문화인가? 그 것 뿐만 아니다. 송년회를 적당하게 뷔페음식으로 하고 2,3차의 음주문화는 많이 사라지고 간단하게 찻집에서 마무리하는 송년회를 하는 것이 요즘 대세인 것 같아 더욱 좋다.

　한 해를 보내면서 직접만나서 식사를 하거나 차를 마시거나 선물을 주고받거나 아니면 휴대폰 기능을 이용하여 감사의 인사를 하거나 모두가 우리들이 살아가는 가치를 이 시대에 어울리게 하려고 하는 모습이 새로운 문화로 자리를 잡아가고 있어 좋다. 무엇으로 하는가는 그렇게 중요하지 않다. 우리가 함께 살아가면서 고마운 마음을 품고만 있던 것을 마무리 하며 그 것에 대한 감사의 마음을 표현 한다는 게 중요하다. '옛말에 보석이 서 말 있어도 꿰야 보석이라고 했다'. 가슴 한 켠 에 저장 해두면 안 된다. 꺼내어서 표현을 해야 한다. 나만 알고 간직하고 전달이 되지 않으면 상대는 절대로 알 수 없다. 이 12월 많은 송년회가 있다. 식사도 좋고 선물도 좋다. 그러나 표현을 꼭 해야 한다. 그래서 새해 더욱 더 관계가 돈독해지는 계기가 되어야 한다. 우리는 말하는 쑥스러움을 이기고 분명하게 말로 표현해서 행복했던 한해를 보내고 더 행복한 새해를 맞이해야 한다.

퍼즐(puzzle)

요즘 고등학교 3학년 교실에 가보면 보기 좋은 분위가 연출되고 있어서 참 다행이라 여기면서 칭찬과 격려를 보내며 글을 쓴다. 중학교 졸업하고 앳된 청소년기에서 많이 의젓해진 청소년에서 성인으로 가는 과정에서의 고3학년들의 교실 풍경이다. 수능시험 발표가 내일모레이다. 이 수능을 위해서 고등학교 첫 입학 한 시간부터 얼마나 많은 시간들을 시험에 매달려 왔는지 우리는 안 겪어 본 집이 없어 다 안다. 당사자와 집안 식구 모두가 그 일에 신경 쓰고 집중하느라 집안의 모든 행사는 꼭 해야 하는 것만 하고 수능 뒤에 하는 것으로 하고 모두들 집중한다. 고3부모님은 모임에 참석 안 해도 벌금 없이 용서해준다.

수능을 끝낸 고3들이 딱히 학교에 나와서 해야 할 일도 있지만 수능시험 후로 미루어 놓은 각자의 시간들이 필요하다. 우선 그동안 미루고 참아두었던 잠이 제일 급하게 밀린 숙제 하듯이 해야 할 것 같다. 그리고 학교에서는 외부강사들을 초빙하여 사회 초년생들이 갖추어야할 소양이나 교양교육을 할 것이다. 그러면 그 교육에도 참석하여 열심히 경청한다. 누가 아이디어를 냈는지 어느 학교에를 갔더니 모둠 모둠이 조용히 앉아서 숨소리조차 크게 안내고 무엇인가 집중하고 있어 들여다보니 무엇인가 아이들손에 들려져있고 눈동자가 빠르게 움직이고 있었다. 바로 퍼즐을 맞추고 있었다. 퍼즐의 내용의 그림은 큰 고성이었다. 물론 서유럽의 어느 성 같았다. 다 맞추지를 않아서 분별 할 수는 없었지만 대리석으로 쌓아올린 모양이 서유럽의 어느 아름다운 성 같았다.

퍼즐을 사전에서 찾아보면 '지식이나 재치 지적 순발력 등을 시험하도록 고안된 유희적인 문제나 장난감'이라고 나와 있다. 우리의 고3들에게 안성맞춤의 문제이고 장난감인 것이다. 퍼즐은 집중력 향상과 논리적이고 문제 해결능력과 도형의 차이 색감도의 향상과 두뇌회전과 심신안정을 하는데 크게 효과적이라고 한다. 퍼즐이 가지고 있는 이 모든 것이 지금의 고3들에 꼭 필요한 조건들이 다 들어 있다. 수능이 발표되면 그 조건에 따라 대학에 원서를 써야 하는 결단이 필요한 시간에 심신안정을 할 수 있다 하니 참 좋은 장난감임이 틀림이 없다. 그리고 교복에서 탈피하여 사복을 입어야 하는데 색감의 향상도 돕는다 하였으니 그것도 적당한 시기인 것도 맞다. 다만 가격이 만만하지 않다는 게 크게 염려스럽다.

참 많은 생각으로 힘들어야 할 고3들은 명랑하고 활기차 보였다. 생각들도 너무나 어른스럽고 긍정적인 생각을 가지고 있어 그것 또한 아주 많이 좋아 보였다. 우리의 고3생들이 이렇게 되기까지는 지도하신 선생님들의 큰 공이라고 생각된다. 해년마다 실시되는 반복적인 업무에도 변함없이 제자들을 위하여 헌신하고 계신 선생님들의 헌신에 대해 우리 사회는 선생님들에 대한 존경심에 대해 변하거나 잃어버려서는 안 된다고 생각 한다. 교권에 대하여 한 동안 말이 많았었다. 하여 시대가 아무리 변해도 선생님에 대한 존경심에 대해 변해서는 정말 안 된다고 몇 번이고 강조 하고 싶다.

인생의 진짜퍼즐 맞추기를 위해 열심히 고민하고 번뇌해야 하는 고3 시기이다. 주변에 있는 고3들에게 격려해주고 따뜻한 위로의 말 한 마디가 그들의 인생 퍼즐 맞추기에 작게라도 도움이 될 것이라 믿는다.

정월 대보름

　요즘처럼 가물어서 쥐불놀이하기도 어려울 것 같은 정원 대보름을 맞이하고 있다. 유난히도 올 겨울은 지방 곳곳에서 불이 난다는 소식이 뉴스를 통해 많이 보도되고 있다. 겨울철인데도 눈이 많이 오지 않았다. 그렇다고 비도 많이 내리지 않았다.

　오늘 밤이 음력으로 14일 그러니까 열나흘 밤이다. 오늘 저녁은 오곡밥에 아홉 가지의 나물에 밥을 아홉 번 먹는다는 이야기가 있다. 아홉 가지 묵은 나물은 호박고지, 무고지, 가지나물, 버섯, 고사리 등 이다. 또한 복쌈이라는 것도 있다. 김이나 취나물에 밥을 싸서 먹는 것을 복쌈이라고 한다. 그리고 나무도 아홉 짐을 해야 한다고 옛날 어르신들이 했던 것 같다. 난방과 취사를 모두 나무로 땔감을 해서 넉넉하게 쌓아 놓으려는 뜻이 있어서 일 것이다.

　보름날 아침이 되면 호두나 땅콩을 깨뜨리게 하는 부럼 깨기도 했다. 호두와 잣, 땅콩, 은행, 밤을 깨뜨리는 의식은 옛날엔 피부병(부스럼/종기)이 많이 있었던 것 같다. 하여 피부병이 없기를 바라는 마음에서 그런 의식을 했던 것 같다. 얼마 전만 해도 땅콩도 귀했다. 호두와 잣은 더 귀했다. 하지만 요즘 시장에 가보면 빛깔이 좋은 땅콩과 호두 밤 등이 판매대에 그득히 담겨져 우리들을 기다리고 있다.

요즘에는 견과류를 꼭 먹어야한다고 해서 집집마다 사람의 뇌 모양을 닮은 호두가 좋다하여 웬만한 가정엔 사시사철 식탁 한쪽에 자리 잡고 있다. 하지만 예전에는 생산량이 적어서 견과류가 부에 속해서 일반인들이 구해서 먹기가 쉽지는 않았을 것이다. 요즘 건강 상식에는 견과류가 우리 몸에 꼭 필요하다고 한다. 해서 그 옛날에도 농한기인 명절 때를 놓치지 않고 명절 음식으로 구해서 나누어 먹게 했던 지혜가 아닐까 한다.

또 아침에는 귀밝이술을 남녀노소 할 것 없이 집안의 큰 어르신이 작은 종지에 주는 술을 마실 수 있었다. 귀밝이술은 귀가 잘 들리고 좋은 소리만 많이 듣기를 바라는 마음에서 그 것도 찬 귀밝이술을 나누었던 것 같다. 지방마다 약간의 차이는 있지만 밤이 되면 쥐불놀이도 한다. 또한 다리 밟기를 하여 다리가 튼튼해지기를 바라는 마음을 갖기도 했다. 이 모든 것이 언어 질병 적 속신이 작용 하였다고 볼 수 있다.

아침에 또 한 가지가 더 있다 더위팔기를 한다. 아침에 사람을 보면 급히 이름을 부르고 대답하면 "내 더위 사가라"라고 말한다. 이렇게 '더위팔기'를 하면 올 한 해에는 더위를 먹지 않는다고 했다. 이렇듯이 보름날 아침이 되면 의식이 제법 많았다.

옛날부터 전해오는 명절 속의 조상들의 지혜는 물질만능의 시대를 살고 있는 우리들이 배워서 아끼고 절약하는 법과 모든 것을 귀히 여기고 나누었다는 것을 깨달아야 할 것이다. 물론 명절속의 의식은 주술적인 면이 많다고 여겨진다. 하지만 건강하고 무사태평하기를 바라는 마음과 화합하여 단결하는 모양이 지금도 우리의 삶속에 무엇보다도 필요하고 여러 모양으로 그 것을 하고자 모두들 나름 무던히 애쓰고 살아가고 있다. 의식은 세시 풍습이라 여기지만 말고 전통과 현대가 공존하여 아름답게 발전되기를 바란다.

전통음식

한가위가 코앞에 다가와 있는데도 점점 날이 갈수록 기다려지는 마음이 멀어지는 것 같다. 한가위가 다가오면 햅쌀로 빚은 송편이 우선 제일 먼저 떠오르고 그리고 햇밤과 감일 것이다. 그러나 요즘은 여름과일 계속 이어져 나오고 있어서 햇과일이라는 단어는 조금은 무색하다. 올 해는 여느 해하고 다르게 물가 값이 참 많이 올라있다. 세계적인 이상기온으로 여름 더위가 지독했다. 112년 만에 찾아왔다고 한다. 지금 지구상에 살고 있는 사람들은 아무도 경험하지 못한 더위다. 세계에서 제일 연세 많으신 건강한 일본인 115살이라고 하니 그분이 3살 때 겪었을 더위인 것이다.

올해 농작물은 비가 오지 않고 햇빛은 그야말로 쨍쨍하여 타죽은 농작물이 많을 것이다. 그 더위에 살아남은 농작물이 지금 한창 출하중이지만 그 수량이 부족하다. 하여 풍성한 한가위라고 하는 인사는 생각해봐야 할 것 같다. 물론 물질로만 풍성한 것은 아니다 그 외에 다른 것도 풍족하면 풍성한 한가위가 된다. 마음이 풍성하면 그것보다 더 좋은 풍성함은 없을 것이다. 특별히 푸른 채소 값이 엄청 가격이 높다. 비싸다는 말은 맞지 않는 것 같다. 수량이 많은 가운데 가격이 높으면 비싸다 할수 있는데 수량이 부족하여 가격이 높으니 비싸다는 말도 생각해가며 해야 할 것이다.

재래시장과 대형마트에 가면 과일이든 채소이든 가격은 높아도 가득가득 채워져 있어 명절 음식 장만은해야 하니 조금씩 줄여서라도 구입한다. 제사상에 꼭 올리는 시금치 가격이 정말 높다. 시금치 대신 시금치색이 나는 나물을 대신 사용하면 좋을 것 같다. 꼭 시금치를 올려야 한다고 명시되어 있지는 않을 것이다. 통배추 가격이 참 높다. 김치를 꼭 집에서 담아서 먹는 가정들도 이번 명절에는 대형 김치공장에서 담아놓은 김치를 입맛대로 골라서 구입하여 먹어보는 것도 괜찮다. 구입 하는데 가격부담이 안 된다. 배추김치만 있는 것이 아니다. 김치종류도 다양하다. 담아 놓은 김치도 잘 구입해야 한다. 중국에서 들어온 김치가 있다. 표기된 것을 잘 살펴서 구입해야 한다. 이제 찬바람이 불어서 조그만 기다리면 푸른 채소들이 많이 출하되어 우리의 식탁에 적당한 가격으로 오를 수 있을 것이다.

그리고 육류 종류는 명절이라 하여 그다지 오르지는 않은 것 같다. 이번 명절에는 평소 야채를 많이 사용해서 음식을 장만 하였다면 올 추석에는 육류종류를 다양하게 선택하여 음식을 만들어 보는 것도 좋을 것 같다. 예전처럼 음식을 많이 만들지 않기 때문에 얼마든지 가능하다. 지독했던 여름 더위 보내느라 애썼던 가족들에게 육류를 이용한 보신음식을 이번 기회에 맞나게 만들어 식구들에게 기운 차리게 해봄도 좋을 것 같다.

요즘 방송사마다 음식 프로그램 하나씩 다가지고 있어 어느 채널이든 선택하면 손쉽게 음식 만드는 방법을 알려 준다. 또 인터넷에 검색하여도 얼마든지 각양각색의 맛난 음식 만드는 방법이 즐비하다.

추석이 들어있는 이달(9월)이 88올림픽을 치룬지 30년이 되었다고 한다. 30년이면 한세대이다. 한세대가 가면서 많은 것이 변하고 바뀌었다. 과일 채소 값이 예년에 비해 높아도 우리의 고유 명절음식들이 전통 그대로 유지되는 것에 우리 모두가 힘써야 할 것이다.

가족과 트롯가요

날씨가 너무나 포근한 1월이다. 오늘이 소한이라는 절기이다. 눈이 왔으면 좋겠지만 아침부터 비가 내리고 있다. 눈이 오면 여러 가지로 불편한 상황도 생기지만 그래도 한겨울인데 비가 오는 싫다. 겨울 가뭄으로 이어지는 것 보다는 비라도 내려주시니 그것 또한 감사한 일이다.

날이 푸근해도 겨울비라서 얼어붙는다. 그것도 투명해서서 블랙아이스라고 한다. 차를 운전할 때는 비가 온 길은 조심해야 할 것이다. 길 표면이 다 마른 것 같이 보이기 때문에 평상시처럼 운행을 하면 안 된다. 방심은 금물이다.

비닐하우스 화원에서는 벌써 봄의 문을 두드려 분재 동백꽃이 빨갛게 피어서 여기저기 사진으로 전송되고 있다. 하얀 눈이 소복이 쌓인 가운데 빨간 동백꽃이 피었다면 더 아름답고 귀하게 느껴지게 했을 것이다. 그래도 꽃이 피어준 것이 얼만 고마운 일인가!

우리주변에서 늘 상 있는 일들이 때가 되면 꽃이 피고 새싹이 나듯이 변함없이 진행되고 있다. 또 기회를 엿봐 변화를 시도 하는 것에는 알게 모르게 변화의 시류에 합류하게 된다. 이렇게 새해를 하루 이틀 보내다 보면 하순에는 설 명절이 들어 있다. 설 명절로 일주일을 보내고 나면 새 해도 한 달을 훌쩍 보내게 된다.

요즘 TV프로그램을 보면 설 명절 연휴에 가족이 다함께 즐길만한 프로그램이 있다. 사회 정치 경제 문제 그 중 정치나 경제이야기를 가족들이 다 모인 가운데 누구라도 말 한 마디 꺼냈다간 세대 간의 의견 차이로 큰 갈등을 일으킬 수 있다. 하지만 가족이면 다 함께 할 수 있는 노래에 대한 이야기를 하면 좋을 것 같다. 세대를 아우를 수 있는 요즘 바람이 불고 있는 트롯가요가 있다.

작년 가을에 어느 방송국에서 미스트롯을 뽑는 경영대회를 하여 전국에서 노래를 한다고 할 수 있는 직업군도 다르고 나이대도 다른 사람들이 모두가 모여 진검을 겨루었다. 몇 차례의 예선전에서는 정말 대단했다. 웬만한 가수보다 더 노래를 잘해서 모두가 혀를 찰 정도였다. 흘러간 노랫말을 기가 막히게 해석하고 분석하여 자기 목소리에 맞게 열정을 다해 부르는 노래는 심금을 울렸다.

해석하고 분석해서 노래하는 게 요즘세대에 맞게 부르는 것은 아니다. 옛날 노래 그대로 표현 하면서도 무엇이 달라진지 모를 정도로 노래에 아름다움을 넣어서 조화를 이루게 하여 가슴에 와 닿게 하였다. 요즘 같이 안정적이지 않고 불안한 사회 속에서 모두를 진정 시키는 한약으로 치면 십전대보탕 같은 역할을 톡톡히 해냈다. 누군가가 말했다. 트롯가요를 부를 줄 알고 노랫말을 알아야 세상의 이치를 안다고 할 수 있다고…….

트롯가요의 노랫말은 우리 인생사의 희로애락이 다 들어 있어서이다. 또 다른 방송사에서 목소리의 여왕을 뽑는 경영대회가 진행 중이다. 방송국들도 좋은 아이디어를 낸 것 같다. 우리들이 살면서 뭔가 잘 풀리지 않을 때는 노래를 부르면서 불안의 요인을 떨쳐 버릴 수 있다는 것을 경험한 적이 있다. 하여 서로가 선호 하는 노래를 부름으로서 상대방도 이해 할 수 있다. 그리고 노래를 같이 들음으로서 공감대가 형성되기도 한다. 꼭 트롯가요를 부르자는 이야기는 아니다. 다른 장르의 노래도 좋다. 동요도 좋다.

가족들이 다 모였을 때 소통의 창구로 이용하자는 이야기다. 기존의 가수들이 아닌 무명이었거나 노래를 좋아하는 보통시민들이 참여하여 부르는 노래는 모두가 공감되고 그 기량에 매료된다. 어른들께 인사도 드리고 떡국도 함께 나누면서 세대 간의 소통이 잘되어 만남의 기쁨과 행복이 가득한 설 명절이 되었으면 한다.

달라진 겨울방학

날씨가 겨울답지 않게 따뜻하여 겨울방학이라고 하기 에는 뭔지 허전하다. 겨울 방학 하면 추워서 장갑도 착용하고 목도리도 단단하게 두르고 눈이 수북이 쌓인 길을 삼삼오오 걸어가며 좀 소란스러워야 하는데 요즘은 그런 풍경을 찾기는 어렵다.

예전에는 12월 하순경에 방학하여 1월말 경에 개학해서 못다 했던 공부를 마치고 2월에 졸업과 봄방학을 하고 3월에 새 학년을 맞이했다. 요즘은 학제가 변경되어 1월에 방학과 졸업을 한다. 그리고 3월초에 개학을 한다. 어쩌면 봄방학이 없어서 겨울방학을 좀 더 긴 시간으로 유용하게 쓸 수 있어서 좋을지 모른다.

요즘은 학부모들이 여행을 가면서도 공부하는 자녀들을 자유롭게 데리고 여행도 간다. 체험학습을 할 수 있는 좋은 기회를 학교에서도 인정해 주는 것이다. 그래서인지 우리나라밖에서 다방면으로 이름을 알리는 학생들이 있다. 영재만 갈 수 있는 세계유수의 대학에 우리나라 학생들이 많다. 뉴스를 통해서도 알았지만 요즘 SNS를 통해서 정말 귀한 일을 하는 우리나라 학생들이 많다는 것을 알 수 있다. 얼마전만해도 이런 일들이 방학을 통해서나 할 수 있는 일이었다.

요즘 우리나라 사람들이 선한 일을 하거나 다른 나라 사람들과 겨루어서 1등을 했다거나 하는 소식이 많아 우리를 정말로 기쁘게 한다. 이제는 세계 어느 나라에도 우리나라 사람이 살지 않는 곳이 없다. 언젠가 강의를 들은 유명한 학자가 이렇게 이야기 했다. 자국어가 세계로 뻗어나가지 않는다면 인구가 제아무리 많아도 나라는 없어진다고 했다. 헌 데요즘 K팝 덕분인지 우리나라 말로 부른 노래를 전세계인들이 떼창을한다.

다행히 우리나라 말은 사라질 염려는 없어졌다. 신생아 출산율이 낮아져도 우리나라 말이 세계인들이 알고 쓰고 부르고 있으니 말이다. 세계의 공통언어가 영어이듯이 우리나라의 아름다운 한글과 말이 더욱더세계로 뻗어나가 세계인이 사용하여 외국어를 한마디 못해도 외국여행을 가면 그 덕을 보면 좋겠다. 물론 동남아시아에서는 한국인이 가면 우리들이 잘 쓰는 단어나 문장을 외워 호객 행위를 한다.

번역기가 요즘은 참 좋다. 굳이 외국어를 하지 못해도 휴대폰만 있으면 된다. 번역기능 앱을 설치해서 들고 다니면서 바로 통역을 하니 참 좋은 세상이다. 예전 겨울방학엔 평소 뒤쳐진 과목을 좀 더 공부를 한다든가 공부가 아닌 소질이 있는 다른 것을 체험하거나 습득할 수 있는 좋은 기회였다. 자기 소질을 테스트 하는 그런 기회로 삼았다.

이제는 겨울방학의 긴 시간을 이용해서 눈으로 직접 보고 배우는 기회로 삼는 시대이다. 사람 사는 것은 동서양 어디를 가도 다 같다. 그저 환경이 다른 데에서 오는 문화의 차이일 뿐이다. 다른 나라의 문화를 보고 배운다는 것은 미래의 수많은 일들이 내게 다가올 때 좋은 기초가 될 수 있다. 젊어서 여행으로 경험하여 내적으로 쌓아 둔 것은 은행에 큰 돈을 모아둔 것 하고 비교 할 수 없다. 긴 겨울방학을 이용해서 세계의 견문을 넓히는 것도 중요하지만 우리나라에 크고 작은 도시에도 많은 문화재를 통해서 알아야 할 것과 배워야 할 것들이 많다.

인터넷을 통해서 배우는 것보다 직접 가서 보고 듣고 하는 것은 좋은 자양분이 되어서 살아가면서 필요 할 때 하나둘 꺼내 쓸 수 있는 보물이 된다. 겨울방학이 되면 하얀 눈이 수북이 쌓인 길을 친구들과 걷는 것도 중요하지만 자기가 태어난 고장을 가보거나 살고 있는 동네에 무엇이 있는지 한번쯤 둘러보는 것도 좋다. 집에서 컴퓨터 게임만 하지 말고 밖으로 나가움직이는 일을 해야 한다. 이렇게 하면 건강한 겨울방학을 보냄은 물론이고 평생의 좋은 시간을 간직할 수 있는 기회를 놓치지 않기를 기대하여 본다.

더 좋은 일만 가득히

2020년은 쥐띠 해 경자년(庚子年)이다. 십이 간지 중에 돼지해로 끝나고 새로 시작되는 쥐 띠 해를 맞이한다. 21세기를 살아가는 우리가 어느 띠를 가진 해인가를 굳이 따져 볼 것은 아니지만 그래도 재미삼아 아직도 우리들은 새해가 되면 토정비결 등 도 본다. 아마 그것은 불완전한 것이 우리들의 모습이라서 통계에 의한 앞으로의 일을 알고 싶어서 일 것이다.

지난 일 년을 돌아보면 국가적으로 세계적으로 참 그야말로 다사다난했다. 개인적으로는 사회의 변화 속에 많은 일들이 우리에게 다가와서 감당 할 수 있었던 일 감당이 안 되어 아직도 우리의 마음속과 도시 속에서 서성거리고 있는 것도 있다. SNS의 발달로 더 많은 정보 홍수로 알권리의 충족이 넘쳐서 나비의 효과로 이어지는 일들도 가끔 일어나 가슴 아픈 일도 많았다.

어느 가수의 노랫말처럼 지나간 것은 지나간 대로라는 말이 새삼 다가오는 요즘이다. 이제 정말 지난 간 것은 지나간 대로 두고 우리는 이제 새롭게 시작해야 한다. 새해는 좋은 일이 많을 수밖에 없다. 우선 우리 도시는 신축아파트 입주로 인해서 인구가 늘어날 것이며 그로인해 대형 백화점이 들어온다고 한다. 대형백화점이 우리시에 들어오게 되면 많은 문화를 손쉽게 접 할 수 있다. 하여 우리의 문화생활 수준이 높아지는 것도 중요하고 좋은 일이다.

또한 벚꽃이 만개 할 4월쯤엔 총선도 있다. 지난 4년간 우리시와 우리들의 살림살이에 그리고 국가에 얼마만큼 기여와 성과를 냈는지 따져보고 그리고 앞으로도 계속 우리시와 국민을 위해 헌신하고 봉사 할 인물을 선택하는 날도 들어 있다. 앞으로의 4년을 잘 생각해보고 우리의 멋진 판단으로 선택을 해야 한다.

요즘 TV에서 '책 읽어 드립니다'라는 프로그램이 있다. 채널을 돌리다 우연하게 보고 듣게 되었다. 책의 제목은 「넛지」였다. 리차드 탈러와 캐스 선스타인이 쓴 책이다. 우선 넛지가 무엇인지를 알아야 할 것 같다. 사전적으로는 '팔꿈치로 살짝 툭 친다'라는 뜻이다. 어떤 일을 강요하기 보다는 스스로 자연스럽게 행동을 변화하도록 하는 유연한 개입을 말한다고 한다.

우리가 어떤 일에 함께 하고자 하는 주변이 있다면 말로 하지 않고 개입 시키고자 할 때 자연스럽게 툭 치면 아주 자연스럽게 그 일에 개입되어 행동 한다. 우리가 흔하게 하는 행동 중에 하나이다. 넛지를 이용한 담배꽁초 이야기다. 사람들이 담배꽁초를 휴지통에 버리기보다는 많은 사람들이 하수구 구멍이나 남의 눈길이 잘 닿지 않을 것 같은 구석진 곳에 버린다.

그래서 담배꽁초 휴지통에 세계에서 가장 뛰어난 축구선수는 누구인가? 라고 질문하고 호날두와 메시 사진을 휴지통에 붙여 놓고 담배꽁초로 투표하게 했다. 이렇게 했더니 휴지통에 꽁초를 버리지 않던 사람들도 모두 담배꽁초를 휴지통에 버리는 것이 아니라 투표하는 것이라 여기고 투표를 하듯이 자기가 좋아하는 선수 사진이 붙은 담배꽁초 휴지통에 꽁초를 넣어서 투표 하여 길거리에 꽁초를 줄일 수 있었다고 한다.

이렇게 공익적인 목적에서도 넛지를 통한 자연스러운 행동 개입으로 변화가 일어나듯이 우리의 사회 경제 정치 문화에서와 개인의 주변과 상황이 선택을 해야 한다. 이 때 넛지의 효과를 이용한 우리 모두가 바라는 모든 것이 시대의 흐름을 인지하여 자연스러운 가운데 행동 변화로 개입되어 우리의 삶이 더 윤택해지고 행복해질 것이라 여겨진다.

하여 2000년도가 되었을 때 우리는 대단한 시대를 맞았다고 생각하고 흥분 했었다. 이제 그로부터 20년째가 되는 해를 맞는 것이다. 우리의 모든 것이 미성년자였다면 2020년은 성년이 되는 해이다.

그동안 우리는 더 좋은 사회 정치 경제 문화를 만들기 위해 열심히 노력하며 살아왔다. 성년이 된 우리는 이렇게 더 좋아진 사회 속에서 자연스러운 행동과 변화로 바라고 원하는 바를 서로 축복으로 빌어주고 그리고 모두가 축복을 누려 더 많고 좋은 일만 가득한 새해를 맞이하길 바란다.

부조금(扶助金)

봄꽃이 바다를 이루고 있는 요즘 음력으로는 3월 초순이며 양력으로는 4월 중순이다. 결혼식하기 참 좋은 때이다. 손님 초대하기도 알맞은 날씨이며 결혼 당사자들도 요즘처럼 좋은 계절이 없을 거라 여겨진다. 며느리나 사위를 맞이했거나 해야 할 각 가정에서는 토요일 일요일에 결혼식이 한 주도 비어있지 않다. 하여 예식장 두서너 곳을 돌다보면 아침에 만났던 사람들을 또다시 만나곤 한다.

결혼을 많이 해야 한다. 인구가 모자라서 국가에서는 전전긍긍하고 있다. 오죽했으면 방송에서 별의별 프로그램을 다 개발해서 결혼의 중요성과 아이를 낳아 기르는 유명인들의 모습을 방영할까 싶다. 나이가 차면 당연히 결혼하여 분가하고 아이를 낳아서 기르는 것을 묻지도 따지도 않고 당연히 해야 할 일이라 생각한다. 헌데 요즘은 결혼할 나이에 있는 사람들이 그것을 너무 어렵게 생각 하거나 별 의미가 없다고 생각하는 것 같다.

주변에 20대 후반에 결혼하는 사람들을 보면 다들 축복하며 반갑고 고마워한다. 그리고 아이를 3명이상 낳아서 기르는 것을 보면 그것 또한 기특하고 고마워서들 다들 내 집안일처럼 생각하고 축복하여 준다. 옆에서 보기만 해도 흐뭇하고 좋다. 방송에서 보면 쌍둥이를 나아 잘 기르는 연예인이나 다둥이 가정의 연예인들을 보면 참 자랑스럽고 그것 또한 고맙다. 연예인들은 직업 특성상 밥을 할 줄 모르는 사람도 많은데 아이를 많이 낳아 잘 키우는 것을 보면 정말 기특하고 예쁘다.

지금의 결혼식은 신문화이다. 우리나라 전통 혼례는 원래 혼인대례(婚姻大禮)라 하였다. 통과의례 중에서 한 개인이 새로운 지위와 새로운 집단을 이동하는 의례이다. 두 성씨의 남녀가 결합하여 위로는 조상을 섬기고 아래로는 후세를 잇는 일이므로 인륜의 처음이요 만복의 근원이며 인륜지대사(人倫之大事)이다. 우리의 전통 혼례가 지금까지 이어 왔다면 아마 혼례를 못 치루는 일이 많았을 것이다. 한 가정이 탄생되려면 준비의례와 대례 후례라는 절차가 있다. 신랑 집과 신부 집을 번갈아가며 의식을 치루는 일들이 복잡하게 많았기 때문이다.

위의 절차대로 결혼식을 지금 한다면 많은 폐단이 일어 날 것이라 여겨진다. 다행히 모든 절차가 간소화 되어서 보통의 서민들은 보편화 되어 있는 결혼식 문화를 다들 잘 활용 하고 있다. 헌 데 요즘 조금은 생각해 볼 또 다른 문화가 생겼다. 청첩장을 받아보면 혼주들의 통장 계좌번호가 인쇄되어 전해 오는 경우가 있다. 이런 청첩장을 받는 입장에서는 당황하게 된다. 꼭 청첩에 응하지 않아도 되는데 통장계좌 번호가 인쇄되어서 전달 받으면 조금 불편하다.

　다 함께 사는 사회이고 큰 일 안 치루는 가정은 없을 것이다. 하여 부조금을 통장에 넣어도 된다. 하지만 어쩐지 축복하는 마음 보다는 함께 사는 사회인으로 유도하는 것 같아서 썩 내키지 않는 부소를 하는 것 같다. 부조금은 그 가정에 큰일을 돕기 위해 주는 돈으로서 혼례나 장례식에 보태는 일이다. 부조금의 문화는 지금까지는 품앗이 성격을 담고 있다. 통장 계좌번호가 찍힌 청첩장의 문화는 현대인들의 바쁜 문화를 대신하는 것이라고 하는 것에는 약간의 무리가 있다고 여겨진다. 이 문화에 대해서도 한 번쯤은 생각 해봐야 한다. 물론 좋은 문화가 아니면 자연스럽게 사라지기도 한다. 부조금을 많이 보내도 된다. 아무튼 나이찬 아들딸들이 짝을 찾아 이 좋은 계절에 결혼을 많이 하면 좋겠다.

개념과 상식

　개념(槪念이)란 단어의 사전적 의미는 하나의 사물을 나타내는 여러 관념 속에서 공통적이고 일반적인 요소를 추출하고 종합하여 얻은 관념이라고 되어 있다. 그렇다면 관념(觀念)이란 어떤 사물이나 현상에 관한 견해나 생각이라고 사전에는 되어 있다.

　우리가 함께 생활하면서 많은 사람들과 교류하면서 살아간다. 다양한 사람들과 접하다 보면 개념과 상식이라는 단어를 많이 사용한다. 말하고자 하는 뜻이 잘 전달되지 않거나 다른 생각을 가지고 화자(話子)의 말에 답을 할 때 화자는 수긍하지 못하고 개념과 상식이 없다는 말을 한다. 공통적이고 일반적이지 않다고 해서 가지고 있는 또는 추구 하는 생각이 다르다고 해서 개념과 상식에 벗어났다고 여기면 안 되고 또 다른 문제로 봐야한다.

　그 중 이 단어를 주로 많이 사용하는 사람들을 보면 우리들의 기대치를 늘 저버리고 있는 정치인들이 많이 사용하고 있다. 개념이며 상식이라는 단어의 뜻을 정말 알고 말하는가 되 묻고 싶다. 말하고자 하는 사람의 견해와 또는 다른 생각을 가지고 있다하여 국민의 소리는 전혀 듣지도 못하는 정치인들이 개념과 상식이라는 말 할 자격이 있는가를 생각해 봐야한다.

우리 국민들이 정치인들을 향하여 정치의 개념과 상식이 있는가를 물어야 한다. 헌 데 요즘 어찌된 영문인지 정치인들은 모두가 사분오열(四分五裂)하여 서로가 서로에게 개념과 상식을 이야기하며 국민들에게 편들어 달라고만 한다. 우리의 주변에는 4차 산업이 어느 사이 우리들도 알게 모르게 스며들어 변화를 요구하고 있고 변해야하는 시점에서 있다. 하여 21세를 살아가야하는 우리들은 변해야 하는 자연스러운 요구에 참 적응하기도 벅찬 시간 앞에 있다.

신문과 TV뉴스를 안 보는 사람들이 많다. 세월호 사고 때 너무나 아픈 마음이 전달되어 TV를 시청하지 못했다. 모두들 한동안 보지 못했다. 그런데 요즘은 정치인들의 싸움이 보기 싫어서 안 본다는 사람들이 많다. 적어도 정치를 하는 사람들은 그 방면으로서 전문가들이다. 협상과 타협으로 국민들에게 안정감을 주어야 함에도 늘 불안감을 갖게 한다. 국민들에게 안정감을 갖게 할 생각은 아예 없는 것 같다. 그저 노련한 입담으로 국민의 혈세를 가져가는 전문가 집단 같다. 전문가들 집단에서 서로에게 네 탓만 하니 비전문가인 우리들의 생활에서 모임이나 단체에서는 무엇을 보고 배우며 기준을 삼아 해결하고 정리를 하여 함께 할 수 있겠는가?

오로지 나만 옳다고 하는 것만 우리가 배우고 있는 것 같다. 우리들은 그렇다 치더라도 자라나고 있는 우리들의 후세들한테는 뭐라고 말하겠는가. 민심이라고들 하는데 우리 국민들의 생각을 속 깊게 정말 잘 읽어야 한다. 정말로 국민들의 생각을 잘 읽고 듣고 하여 사회의 질을 높여야 한다. 사회의 질은 정치와 경제를 총체적인 수준을 말한다.

이 수준에 도달하게 하려면 국민모두가 참여하게 해야 한다. 손쉽게 뉴스를 보는 일이 곧 작은 의미에서 참여라 여긴다. 하여 상식(常識)이 통하는 보통 사람들이 다 알고 이해 할 수 있고 판단 할 수 있는 일들을 하는 정치인들로 우리가 안정감을 갖고 행복한 나라에서 살고 있다는 자긍심을 갖게 해주기를 바란다.

동지(冬至)와 팥죽

오후 5시가 넘어가면 도시에 불빛들이 하나 둘 밝혀지기 시작 한다. 가을의 시간과 찾아온 겨울의 시간 경계에 있던 시간 앞에 첫눈이 내리는 시간부터 이제 정말 겨울이라는 생각을 굳히게 한다. 도시에서는 짧아진 낮 시간 때문에 달라진 일상이 없기 때문에 경계의 시간 앞에서 계절에 대한 적응이 빠르지 않은 것 같다.

첫눈이 올해는 비교적 많이 내렸다고 할 수 있다. 하지만 눈이 내리는 즉시 녹아서 없어지기는 했다. 첫눈이 내린 도시의 주변 풍경에서는 나무에 아직 미련을 두고 남아 있던 나뭇잎들이 그 아쉬움을 뒤로하고 다들 떨어져 가버렸다.

12월이 되면 기독교인과 상관없이 모두 크리스마스를 떠올린다. 12월과 성탄절은 우리들 일상생활에서 늘 함께한다. 그리고 공휴일로 지정되어 있기도 하다. 우리들의 근대적 개념에서 명절에 대해서 인식의 변화와 맞물려 세시풍속으로 자리 잡았기 때문이다.

세시풍속(歲時風俗)을 '자연 순환의 토대 위에 덧입힌 이데올로기적 풍경'으로 정의하기도 한다. 우리는 24절기 환경에 더 부합된 세시풍속을 가지고 조상들로부터 지금까지 이어오고 있다. 전통적인 세시풍속도 중요하게 여기고 새로운 세시풍속도 잘 받아들이고 그 것 또한 우리의 현실적 세시로 수용하여 우리의 후대들에게는 전통의 세시풍습으로 남게 해야 한다.

우리는 사계절에 해당되는 세시풍속이 있다. 12월은 겨울세시풍속에 해당 된다. 우리는 양력으로 만든24절기가 있다. 1년을 태양의 움직임에 따라 24등분한 것이다. 이를 다시 춘하추동으로 4등분하여 6절기씩 안배했다. 각 계절은 3개월씩 배분되므로 한 달에 2절기가 들어가게 하였다. 이렇게 배분된 절기로 우리의 고유한 세시풍속이 만들어졌다.

태양에 기준한24절기는 농사를 짓기 위해서 만들어졌다. 여기에 일정한 의미와 유희성을 부여한 것이 곧 세시풍속이다. 세시풍속에서는 명절을 24절기보다 더 큰 비중으로 지냈다. 24절기는 노동의 의미를 가진다면 명절은 유희에 더 강한 면으로 지내왔다. 지금은 우리가 고유의 세시풍속에서 차츰 멀어지고 있다고 생각 할 수 있는 작은설이라 불리는 동지가 12월에 들어 있다.

24절기 중 스물두 번째에 해당되는 것이 동지이다. 1년 중 밤이 가장 길고 낮이 가장 짧은 날이다. 해년 마다 12월 22일경 전후로 동지가 든다. 동지가 음력으로 11월 초순에 들면 애동지 중순에 들면 중동지 그믐에 무렵에 들면 노동지라고 한다.

동지를 생각 하면 팥죽을 떠올리게 된다. 지금은 팥죽 먹기가 쉽다. 얼마 전만 해도 팥죽을 만드는데 많은 시간이 들었다. 그리고 팥으로 죽을 만들기 까지는 많은 조리기구도 필요했다. 그래서 팥죽을 만들게 되면 많이 만들어 이웃들과 나누어 먹었다. 설음식으로 귀한 대접을 했다.

팥죽은 집집마다 맛도 다르고 팥죽에 들어가는 단자(새알심)도 모두 특색 있게 만들었다. 지금은 죽만을 전문적으로 만들어 파는 집이 있어 손쉽게 구입하여 먹을 수 있다. 예전에는 죽을 쑤게 되면 사당에 올려 동지고사를 지냈다고 한다. 팥이 붉은색을 가지고 있어 악귀를 쫓는데 그 의미를 두었다고 여겨진다.

예전에는 팥죽도 애동지에는 아이들에게 나쁘다고 해서 팥죽을 쑤지 않았다고 한다. 올해는 음력으로 11월 26일에 들어 있다. 노동지에 해당 된다. 하여 팥은 건강에 좋다고 한다. 현대식 조리도구의 힘을 빌려 팥죽을 집집마다 내려오는 전통을 살려서 맛나게 쑤어서 이웃과 나누어 먹는 작은설의 전통도 살리고 흐릿해져가는 전통적 세시풍속을 기억했으면 한다.

성탄절

　많은 사람들이 12월에 들어서면서 우선 언제쯤 첫눈이 내릴까와 크리스마스와 송년을 떠 올린다. 그리고 크리스마스는 화이트 크리스마스인가 아닌가도 일기예보 시간에도 관심이 많은 만큼 알려준다. 유년시절 크리스마스는 늘 하얀 눈이 많이 오는 날이라고 생각도 했었다.

　어쩌면 크리스마스카드에 하얀 눈이 탐스럽게 쌓인 마을의 하얀 종탑이 그려진 그림처럼 낭만적으로 생각해서 일수도 있다. 이렇게 낭만적으로 생각하게 하는 기독교의 전파는 우리나라 역사에서 일대 전기를 가져왔다. 우리나라에 기독교의 정착은 기독교식 세시풍속의 정착을 의미하기도 한다.

　성탄절은 신자와 비신자를 막론하고 새로운 세시풍속으로 자리를 잡았다. 많은 비신자들도 크리스마스이브에는 어떤 좋은 일을 계획하거나 준비한다. 마침 연말도 있어 평소 소원했던 사람들에게 카드나 선물을 보낸다.

12월 25일은 예수의 탄생일로 정해 유럽의 서방교회에서 4세기 중반 동방교회에서는 5세기말로 추정 되는 때부터 기념하기 시작했다고 한다. 그 때로부터 서양에서는 12세기부터 중요한 기념일이 되었으며 선물을 주고받는 풍습이 생기고 15세기부터는 예수탄생을 소재로 수많은 예술작품이 등장되면서 대중화 되었다고 한다.

우리나라에는 19세기말 20세기 초에 개신교 선교사들에 의해 크리스마스트리를 세우는 풍습이 전해 졌다고 한다. 또한 크리마스 실이라는 것이 있었다. 결핵치료를 후원 하기위한 것이었다. 연하장이나 카드에 붙여서 보냈었다.

크리스마스가 우리의 풍속에 자리를 잡게 했던 것은 사회적인 여건이 그 몫을 했다고 해도 과언이 아니다. 바로 통금이라는 제도였다. 통금이 풀리는 때가 성탄절과 연말연시였기 때문이다. 때맞추어 하얀 눈이 하늘에서 펑펑 내리기라도 하면 통금도 해제되어 오랜만에 가져보는 자유에 밤새 자유롭게 길거리를 활보할 수 있는 시간이 더욱더 낭만적인 크리스마스의 이브였던 것이다. 그리고 성탄절 당일은 공휴일이 되어서 확실하게 세시풍속으로 자리를 잡을 수 있었던 것이다.

성탄절에는 비신자이라도 예수님 탄생 축하노래 한 소절씩은 알고들 있다고도 할 수 있다. 하얀 눈이 소복이 쌓인 새벽에 뽀드득 거리는 눈을 밟고 집집마다 방문하여 새벽 송이라고 하여 아기예수탄생을 축하노래를 합창으로 부르기도 했었다.

　세시풍속으로 우리 곁에 와있는 올해의 성탄절에는 주변을 더욱더 살펴서 나눔을 하면 좋겠다. 주변에는 알게 모르게 어려운 이웃이 있다. 어려운 이웃들이 예전처럼 겉으로 들어나지 않는다. 우리와 함께 어울리고 함께 살아가고 있지만 친절하게 들여다보면 어려운 이웃이 있다.

　시설이나 단체에도 우리가 나눔을 하고 주변에 어려움을 알리지도 못하고 살아가는 이웃에게도 성탄절을 맞이하여 어려움을 함께 나눌 수 있는 성탄절이 되었으면 한다. 우리의 풍습인 김장을 많이 하여 나눔하는 것도 정말 아름다운 나눔이다. 이렇게 아름다움 나눔을 우리 모두가 함께 하여 성탄절의 축복을 빌어보자.

김영순 에세이를 말하다

내면에 잠재한 씨앗들이 발화하다

여종승 안산뉴스 발행인

김영순 작가가 두 번째 에세이집 '눈 속에 비친 하루'를 출간한다니 너무 반갑다. 에세이집을 출간하면서 추천사를 부탁받으니 더더욱 기쁘다. 김 작가는 안산 지역사회에서 시인이자 수필가로 활동해온 인물이다. 안산문인협회장과 안산소비자단체연합회장을 역임했다. 현재 한국여성소비자연합 안산지부 회장과 수원지방검찰청 안산지청 형사조정위원으로도 활동 중이다.

김 작가는 10년 전 첫 시집 '시월의 정'을 출간한데 이어 5년 전 '살아가며 사색하며' 첫 에세이집을 세상에 선보였다. 시인으로 문단에 등단해 수필가로도 활발하게 활동해온 김 작가는 경기도 문학공로상과 성호문학상, 최용신 봉사상을 수상했다.

김 작가는 쉼 없이 움직이는 삶을 살아오며 틈틈이 기록해온 에세이들을 모아 '눈 속에 비친 하루'의 두 번째 에세이집을 내놓는다. 에세이는 형식의 제약을 받지 않고 펜이 가는 대로 써 놓은 글이다. 세상을 살아오면서 자연과 인생을 관조하고 존재의 의미를 밝히는 글이다.

그 때 그 때 보고 느끼고 흥미 있는 것을 산문으로 표현한 글이다. 날카로운 지성으로 새로운 트렌드와 미래를 명쾌하게 제시하는 글이기도 하다.

시인이자 소설가로 유명한 '나탈리 골드버그'는 좋은 글쓰기를 위해서는 '뼛속까지 내려가서 쓰라'고 얘기한다. '눈 속에 비친 하루'의 에세이는 작가의 내면에 잠재한 씨앗들을 뼛속까지 내려가서 찾아낸 것이어서 매우 훌륭하다. 에세이집 '눈 속에 비친 하루'는 크게 '도시를 품어가고 있는 가을'과 '개망초 꽃', '봄날은 간다', '불빛' 네 편으로 나누어져 있다.

작가는 에세이를 통해 살아오면서 자신에게 강박증으로 작용하는 것을 담았다. 자기 앞에 놓인 작고 사소한 일상들에서 오히려 위대한 발견을 하고 있다. 그런가하면 당당함과 자신감이 있다. 글 속에서 삶의 진정한 희망이 무엇인지를 명확하게 제시해주기도 한다. 인생의 향취와 여운이 스며들어 있는 이 에세이집은 어찌 보면 마음의 산책 같으면서도 작가 특유의 무늬가 있다. 인생의 희망과 환희를 예찬하는 생명력을 지닌 이 에세이집이야말로 건강한 수필가가 뽑아낸 맑고 순수한 영혼을 담아냈다.

다른 한 쪽에서는 친밀감을 주면서도 자신을 너무 솔직하게 드러내고 있어 행여나 작가가 지니고 있는 아름다운 미소가 덮이지 않을까 우려되기도 한다. 하지만 '눈 속에 비친 하루'는 깨끗하고 담백한 인생길을 걸어온 작가의 투박한 열정과 심오한 지성을 담아내고 있어 읽는 이의 얼굴에 미소를 띠게 할 것으로 확신한다.

이 에세이집을 통해 독자와 지역사회는 물론 대한민국, 더 나아가서 인류가 아름다운 사회로 탈바꿈하는데 한 줄기 빛이 되길 기대한다.

젊은 시절 추억을 기억하게 한다

박현석 안산신문사 편집국장/편집인

김영순작가의 글을 읽으면 어릴 적 골목길에서 뛰놀던 추억이 떠오른다.

학교에서 내준 숙제를 마치고 동네 친구들과 골목길을 뛰놀며 숨박꼭질이나 공치기 비석치기 할 때의 기억을 다시 끄집어 내준다.

그래서 늘 김영순작가의 글 속에 빠지면 잠시 동안만이라도 아주 오래된 유년의 추억을 마주 할 수 있다.

어쩌면 김영순작가의 눈 속에 비친 하루가 나비가 돼 저 먼 유년시절을 오버랩 하게 하는 마법의 글 일 수 있겠다는 생각이 든다.

젊은 그 시절을 그리워하는 것이 아니라 젊음의 기억을 오랫동안 간직하며 글을 쓸 수 있다는 것은 눈 속에 비친 하루 에세이집의 글을 읽는 사람들의 젊은 기억을 끄집어내게 하는 김영순작가의 남다른 글은 책장에 꼽아 놓고 두고두고 읽어도 새로울 것 같다.

눈 속에 비친 하루

초판 발행일 2020년 12월 12일

지은이 **김영순**
발행인 **김미희**
펴낸이 **몽트**

출판등록 2012.12.20 제 2014-0000-38호

주소 안산시 단원구 고잔로 23-12
전화 031-501-2322 팩스 031-501-2321
메일 memento33@menthebooks.com

값12,000원
ISBN 978-89-6989-064-1 03810

www.menthebooks.com

이 도서의 국립중앙도서관 출판예정도서목록(CIP)은 서지정보유통지원시스템 홈페이지(http://seoji.nl.go.kr)와
국가자료종합목록 구축시스템(http://kolis-net.nl.go.kr)에서 이용하실 수 있습니다. (CIP제어번호 : CIP2020051606)

· 이 책은 안산시 문예예술진흥기금을 일부 지원받아 제작되었습니다.